# BOTÕES TENROS

Gertrude Stein

# BOTÕES TENROS

## EDIÇÃO BILÍNGUE

Tradução e posfácio
Arthur Lungov

jabuticaba

**Dados Internacionais de Catalogação na Publicação (CIP) de acordo com ISBD**

S819b Stein, Gertrude

Botões Tenros / Gertrude Stein ; traduzido por Arthur Lungov. - São Paulo : Edições Jabuticaba, 2022.
148 p. ; 14cm x 21cm.

Tradução de: *Tender Buttons*
Inclui índice
ISBN: 978-65-00-51055-3

1. Literatura norte-americana. 2. Poesia.
I. Lungov, Arthur. II. Título.

CDD 811
2022-2585 CDU 821.111(73)-1

**Elaborado por Vagner Rodolfo da Silva - CRB-8/9410**

**Índice para catálogo sistemático:**
Literatura americana : poesia 811
Literatura americana : Poesia poesia 821.111(73)-1


Revisão: Marcelo Lotufo
Design miolo: Pedro Spigolon
Design e imagem da capa: Marcelo Lotufo
*Natureza morta com toalha de mesa xadrez*, de Juan Griz, 1915

9 786500 510553

Edições Jabuticaba
www.ediçõesjabuticaba.com.br
www.facebook.com.br/Edjabuticaba
instagram: @livrosjabuticaba

# SUMÁRIO

# TENDER BUTTONS

# Botões tenros

# OBJECTS

*A CARAFE, THAT IS A BLIND GLASS.*

*A kind in glass and a cousin, a spectacle and nothing strange a single hurt color and arrangement in a system to pointing. All this and not ordinary, not unordered in not resembling. The difference is spreading.*

*GLAZED GLITTER.*

*Nickel, what is nickel, it is originally rid of cover.*

*The change in that is that red weakens an hour. The change has come. There is no search. But there is, there is that hope and that interpretation and sometime, surely any s is unwelcome, sometimes there is breath and there will be a sinecure and charming very charming is that clean and cleansing. Certainly glittering is handsome and convincing.*

*There is no gratitude in mercy and in medicine. There can be breakages in Japanese. That is no programme. That is no color chosen. It was chosen yesterday, that showed spitting and perhaps washing and polishing. It certainly showed no obligation and perhaps if borrowing is not natural there is some use in giving.*

*A SUBSTANCE IN A CUSHION.*

*The change of color is likely and a difference a very little difference is prepared. Sugar is not a vegetable.*

*Callous is something that hardening leaves behind what will be soft if there is a genuine interest in there being present as many*

# OBJETOS

## UMA GARRAFA, ISTO É UM VIDRO CEGO.

Um como copo em vidro e um primo, uma lente e nada de estranho uma só cor ferida e arranjo em um sistema para apontar. Tudo isso e não ordinário, não desordenado em não parecer. A diferença está se espalhando.

## BRILHO BRUNIDO.

Níquel, o que é níquel, é sem capa de nascença.

A troca nisso é que o vermelho enfraquece uma hora. O troco chegou. Não há busca. Mas há, há aquela esperança e aquela interpretação e em algum dia, certamente qualquer s é indesejável, em alguns dias há fôlego e haverá uma sinecura e encantador muito encantador é isto limpo e limpando. Certamente brilhar é belo e convincente.

Não há gratidão na medicina e na misericórdia. Pode haver quebras em Japonês. Isso não é um programa. Isso não é cor alguma escolhida. Foi escolhida ontem, a que indicava escarro e talvez lavagem e polimento. Certamente não indicava qualquer obrigação e talvez se emprestar não é natural há algum uso em doar.

## UMA SUBSTÂNCIA EM UM COLCHÃO.

A mudança de cor é provável e uma diferença uma pequena diferença é preparada. Açúcar não é um vegetal.

Caloso é algo que o enrijecimento deixa para trás o que será suave se houver genuíno interesse em ter presente tantas mulheres

*girls as men. Does this change. It shows that dirt is clean when there is a volume.*

*A cushion has that cover. Supposing you do not like to change, supposing it is very clear that there is no change in appearance, supposing that there is regularity and a costume is that any the worse than an oyster and an exchange. Come to season that is there any extreme use in feathers and cotton. Is there not much more joy in a table and more chairs and very likely roundness and a place to put them.*

*A circle of fine card board and a chance to see a tassel.*

*What is the use of a violent kind of delightfulness if there is no pleasure in not getting tired of it. The question does not come before there is a quotation. In any kind of place there is a top to covering and it is a pleasure at any rate there is some venturing in refusing to believe nonsense. It shows what use there is in a whole piece if one uses it and it is extreme and very likely the little things could be dearer but in any case there is a bargain and if there is the best thing to do is to take it away and wear it and then be reckless be reckless and resolved on returning gratitude.*

*Light blue and the same red with purple makes a change. It shows that there is no mistake. Any pink shows that and very likely it is reasonable. Very likely there should not be a finer fancy present. Some increase means a calamity and this is the best preparation for three and more being together. A little calm is so ordinary and in any case there is sweetness and some of that.*

*A seal and matches and a swan and ivy and a suit.*

*A closet, a closet does not connect under the bed. The band if it is white and black, the band has a green string. A sight a whole sight and a little groan grinding makes a trimming such a sweet singing trimming and a red thing not a round thing but a white thing, a red thing and a white thing.*

quanto homens. Será que isso muda. Isso mostra que a sujeira é limpa quando há um volume.

Um colchão tem essa capa. Supondo que você não goste de mudar, supondo que é muito claro que não há mudança na aparência, supondo que há regularidade e um traje seria isso tão pior quanto uma ostra e uma troca. Venha temperar isso há algum uso extremo em algodão e penas. Não há muito mais alegria em uma mesa e mais cadeiras e muito provavelmente redondeza e um lugar para colocá-las.

Um círculo de boa cartolina e uma chance de olhar uma borla.

Qual a utilidade de um tipo violento de deleite se não há prazer em não se cansar dele. A questão não vem antes de haver uma citação. Em qualquer tipo de lugar há um tampo para cobrir e é um prazer de qualquer forma há alguma ousadia em se recusar a acreditar em absurdos. Isso mostra a utilidade que há em uma peça inteira se for usada e for extrema e muito facilmente as pequenas coisas poderiam ser mais prezadas mas de qualquer forma há uma permuta e se há a melhor coisa a se fazer é tirá-la e vesti-la e então ser desvairado e desvairado e determinado em devolver gratidão.

Azul luz e o mesmo vermelho com roxo traz uma mudança. Mostra que não há engano. Qualquer rosa mostra isso e provavelmente é razoável. Provavelmente não deve haver mais fina fantasia presente. Algum aumento significa calamidade e não há melhor preparo para três ou mais reunidos. Um pouco de calma é tão comum e há também doçura e mais um pouco daquilo.

Uma foca e fósforos e um cisne e hera e um terno.

Um closet, um closet não se conecta embaixo da cama. A banda se for branca e preta, a banda tem uma fita verde. A vista uma vista inteira um pequeno gemido rangendo faz um corte um canto tão doce cortando e um troço vermelho não um troço redondo mas um troço branco, um troço vermelho e um troço branco.

*The disgrace is not in carelessness nor even in sewing it comes out out of the way.*

*What is the sash like. The sash is not like anything mustard it is not like a same thing that has stripes, it is not even more hurt than that, it has a little top.*

*A BOX.*

*Out of kindness comes redness and out of rudeness comes rapid same question, out of an eye comes research, out of selection comes painful cattle. So then the order is that a white way of being round is something suggesting a pin and is it disappointing, it is not, it is so rudimentary to be analysed and see a fine substance strangely, it is so earnest to have a green point not to red but to point again.*

*A PIECE OF COFFEE.*

*More of double.*

*A place in no new table.*

*A single image is not splendor. Dirty is yellow. A sign of more in not mentioned. A piece of coffee is not a detainer. The resemblance to yellow is dirtier and distincter. The clean mixture is whiter and not coal color, ever more coal color than altogether.*

*The sight of a reason, the same sight slighter, the sight of a simpler negative answer the same sore sounder, the intention to wishing, the same splendor, the same furniture.*

*The time to show a message is when too late and later there is no hanging in a blight.*

A desgraça não está no descuido nem mesmo na sutura ela sai sai do caminho.

Como é a faixa. A faixa não é como nada mostarda não é como coisa afim que tenha listras, sequer é mais ferida que isso, ela tem um pequeno tampo.

UMA CAIXA.

Da simpatia vem o sanguíneo e da selvageria vem súbita a mesma questão, de um olho vem o estudo, da seleção vem doloroso gado. Então a ordem é que um anêmico modo de ser redondo é algo aludindo a um alfinete e desaponta, não é não, é tão simplório ser analisado e estranhar uma bela substância, é tão sisudo ter um ponto verde não para avermelhar mas para apontar novamente.

UM PEDAÇO DE CAFÉ.

Mais de dobro.

Um assento em nenhuma mesa nova.

Uma só imagem não é esplendor. Sujeira é amarelo. Um sinal de mais no não mencionado. Um pedaço de café não é um detentor. A semelhança ao amarelo é mais suja e singular. A mistura limpa é mais clara e não cor carvão, cada vez mais cor carvão que o conjunto.

A mirada de um motivo, a mesma mirada mais magra, a mirada de uma mera resposta negativa a mesma moléstia emendada, a intenção do desejar, o mesmo esplendor, a mesma mobília.

O momento de mostrar uma mensagem é quando é tarde demais e mais tarde não há como se agarrar à ferrugem.

*A not torn rose-wood color. If it is not dangerous then a pleasure and more than any other if it is cheap is not cheaper. The amusing side is that sooner there are no fewer the more certain is the necessity dwindled. Supposing that the case contained rose wood and color. Supposing that there was no reason for a distress and more likely for a number, supposing that there was no astonishment, is it not necessary to mingle astonishment.*

*The settling of stationing cleaning is one way not to shatter scatter and scattering. The one way to use custom is to use soap and silk for cleaning. The one way to see cotton is to have a design concentrating the illusion and the illustration. The perfect way is to accustom the thing to have a lining and the shape of a ribbon and to be solid, quite solid in standing and to use heaviness in morning. It is light enough in that. It has that shape nicely. Very nicely may not be exaggerating. Very strongly may be sincerely fainting. May be strangely flattering. May not be strange in everything. May not be strange to.*

### *DIRT AND NOT COPPER.*

*Dirt and not copper makes a color darker. It makes the shape so heavy and makes no melody harder. It makes mercy and relaxation and even a strength to spread a table fuller. There are more places not empty. They see cover.*

### *NOTHING ELEGANT*

*A charm a single charm is doubtful. If the red is rose and there is a gate surrounding it, if inside is let in and there places change then certainly something is upright. It is earnest.*

Uma cor de brasa não rasgada. Se não é perigoso então um prazer e mais do que qualquer um se é mais barato não é menos caro. O lado engraçado é que tão cedo não há menos mais certamente encolhe a necessidade. Supondo que a valise contenha pau brasil e cor. Supondo não ter havido motivo para um tormento e mais provavelmente para muitos, supondo não haver assombro, não é necessário misturar assombro.

O assentar de assear estações é um modo de não espatifar espalhar e espalhando. O único modo de usar sob medida é usar sabão e seda para assear. O único modo de ver algodão é ter um desenho concentrando a ilusão e a ilustração. O modo perfeito é acostumá-lo a ter forro e o formato de um laço e ser sólido, bem sólido em manter-se levantado e usar o peso na alvorada. É leve o suficiente nisso. Tem essa forma de forma agradável. Bem agradável pode não ser exagero. Bem fortemente pode desmaiar sinceramente. Pode ser estranhamente lisonjeiro. Pode não ser estranho ao todo. Pode não ser estranho para.

## TERRA E NÃO COBRE.

Terra e não cobre torna uma cor mais escura. Ela torna a forma tão densa e nenhuma melodia mais dura. Ela faz descanso e piedade e mesmo uma força que faz a mesa mais cheia. Há mais lugares não vazios. Eles veem o forro.

## NADA ELEGANTE.

Um encanto um só encanto é duvidoso. Se o rubro é rosa e há um portão o cercando, se dentro é adentrado e lá lugares mudam então certamente algo é correto. É sisudo.

*MILDRED'S UMBRELA.*

*A cause and no curve, a cause and loud enough, a cause and extra a loud clash and an extra wagon, a sign of extra, a sac a small sac and an established color and cunning, a slender grey and no ribbon, this means a loss a great loss a restitution.*

*A RED STAMP.*

*If lilies are lily white if they exhaust noise and distance and even dust, if they dusty will dirt a surface that has no extreme grace, if they do this and it is not necessary it is not at all necessary if they do this they need a catalogue.*

*A BOX.*

*A large box is handily made of what is necessary to replace any substance. Suppose an example is necessary, the plainer it is made the more reason there is for some outward recognition that there is a result.*

*A box is made sometimes and them to see to see to it neatly and to have the holes stopped up makes it necessary to use paper.*

*A custom which is necessary when a box is used and taken is that a large part of the time there are three which have different connections. The one is on the table. The two are on the table. The three are on the table. The one, one is the same length as is shown by the cover being longer. The other is different there is more cover that shows it. The other is different and that makes the corners have the same shade the eight are in singular arrangement to make four necessary.*

## O GUARDA-CHUVA DA MILDRED.

Uma causa e curva alguma, uma causa e apta altura, uma causa e extra um alto estrondo e uma carroça extra, um sinal de extra, uma sacola uma pequena sacola e uma cor estabelecida e astuta, um cinza esguio e fita alguma, isso significa uma perda uma grande perda uma restituição.

## UM SELO VERMELHO.

Se lírios são branco-lírio se exaurem barulho e distância e mesmo pó, se poentos eles sujam uma superfície sem grande graça, se eles o fazem e não é necessário se não é de todo necessário se eles o fazem necessitam de um catálogo.

## UMA CAIXA.

Uma caixa grande é habilmente feita do que é necessário para repor qualquer substância. Suponha que um exemplo é necessário, quanto mais claro ele for mais há razão para reconhecer que há resultado.

Uma caixa é feita às vezes e eles para ver para verificar com cuidado e para tapar os buracos se torna necessário usar papel.

Um costume necessário quando uma caixa é usada e tomada é que em grande parte do tempo há três com conexões diferentes. Aquela uma está na mesa. As duas estão na mesa. As três estão na mesa. Aquela uma, uma tem a mesma largura como mostrada pela tampa ser mais longa. A outra é diferente há mais tampo que a mostre. A outra é diferente e isso faz os cantos terem o mesmo tom os oitos estão singularmente arranjados para fazer necessários quatro.

*Lax, to have corners, to be lighter than some weight, to indicate a wedding journey, to last brown and not curious, to be wealthy, cigarettes are established by length and by doubling.*

*Left open, to be left pounded, to be left closed, to be circulating in summer and winter, and sick color that is grey that is not dusty and red shows, to be sure cigarettes do measure an empty length sooner than a choice in color.*

*Winged, to be winged means that white is yellow and pieces pieces that are brown are dust color if dust is washed off, then it is choice that is to say it is fitting cigarettes sooner than paper.*

*An increase why is an increase idle, why is silver cloister, why is the spark brighter, if it is brighter is there any result, hardly more than ever.*

## *A PLATE.*

*An occasion for a plate, an occasional resource is in buying and how soon does washing enable a selection of the same thing neater. If the party is small a clever song is in order.*

*Plates and a dinner set of colored china. Pack together a string and enough with it to protect the center, cause a considerable haste and gather more as it is cooling, collect more trembling and not any even trembling, cause a whole thing to be a church.*

*A sad size a size that is not sad is blue as every bit of blue is precocious. A kind of green a game in green and nothing flat nothing quite flat and more round, nothing a particular color strangely, nothing breaking the losing of no little piece.*

*A splendid address a really splendid address is not shown by giving a flower freely, it is not shown by a mark or by wetting.*

Relaxe, para ter cantos, para ser mais leve que algum peso, para indicar uma viagem de casamento, restar marrom e não curioso, para ser rico, cigarros são estabelecidos por comprimento e por dobra.

Deixada aberta, para ser esmurrada, para ser deixada fechada, para circular no verão e no inverno, e cor doentia que é cinza que não é poenta e o vermelho mostra, para ter certeza cigarros medem antes um comprimento vazio do que uma escolha em cor.

Alada, ser alada significa que branco é amarelo e pedaços pedaços que são marrom são cor de pó se o pó é lavado, então é escolha quer dizer são antes apropriados cigarros do que papel.

Um aumento por que um aumento é ocioso, por que é claustro parata, por que é a faísca brilhante, se é brilhante há qualquer resultado, dificilmente mais do que nunca.

## UM PRATO.

Uma ocasião para um prato, um recurso ocasional está na compra e quão cedo a lavagem permite uma seleção da mesma coisa mais limpa. Se a festa é pequena uma canção sagaz é a pedida.

Pratos e um conjunto de jantar em porcelana colorida. Embale junto um conjunto e o suficiente para proteger o centro, cause uma urgência e junte mais enquanto esfria, colete mais tremendo e nenhum mesmo tremendo, faça um troço todo ser uma igreja.

Um tamanho triste um tamanho que não é triste é azul como todo pedaço de azul é precoce. Um tipo de verde um jogo em verde e nada plano nada bem plano e mais redondo, nada uma cor distinta de forma estranha, nada quebrando a perda de nenhuma pecinha.

Um discurso esplêndido um discurso realmente esplêndido não é mostrado dando flores francamente, não é mostrado por uma marca ou por molhar.

*Cut cut in white, cut in white so lately. Cut more than any other and show it. Show it in the stem and in starting and in evening coming complication.*

*A lamp is not the only sign of glass. The lamp and the cake are not the only sign of stone. The lamp and the cake and the cover are not the only necessity altogether.*

*A plan a hearty plan, a compressed disease and no coffee, not even a card or a change to incline each way, a plan that has that excess and that break is the one that shows filling.*

## *A SELTZER BOTTLE.*

*Any neglect of many particles to a cracking, any neglect of this makes around it what is lead in color and certainly discolor in silver. The use of this is manifold. Supposing a certain time selected is assured, suppose it is even necessary, suppose no other extract is permitted and no more handling is needed, suppose the rest of the message is mixed with a very long slender needle and even if it could be any black border, supposing all this altogether made a dress and suppose it was actual, suppose the mean way to state it was occasional, if you suppose this in August and even more melodiously, if you suppose this even in the necessary incident of there certainly being no middle in summer and winter, suppose this and an elegant settlement a very elegant settlement is more than of consequence, it is not final and sufficient and substituted. This which was so kindly a present was constant.*

Corte corte em branco, corte em branco ultimamente. Corte mais que qualquer um e mostre. Mostre no tronco e no começo e à tarde embaraço anunciado.

Uma lâmpada não é o único sinal de vidro. A lâmpada e o bolo não são os únicos sinais de pedra. A lâmpada e o bolo e a capa não são a única necessidade.

Um plano um plano amável, uma doença compressa e não café, nem mesmo um cartão ou uma mudança para pender para os lados, um plano que tem aquele excesso e aquela quebra é o que mostra o preencher.

## UMA GARRAFA DE ÁGUA COM GÁS.

Qualquer abandono de quantas partículas para uma quebra, qualquer abandono disso faz o entorno o que é cor chumbo em cor e certamente descolore em prata. O uso disso é múltiplo. Supondo que um certo tempo selecionado é assegurado, supondo que é mesmo necessário, supondo que nenhum outro extrato é permitido e nenhum manuseio mais preciso, supondo que a mensagem é embaralhada com uma agulha longa e esguia e mesmo que pudesse ser qualquer borda escura, supondo que isso tudo junto fizesse um vestido e supondo que fosse atual, supondo que o modo maldoso de dizer isso fosse ocasional, se você supor isso em agosto e ainda mais melodioso, se você supor isso mesmo no incidente necessário de certamente não haver meio do inverno e do verão, suponha isso e um acordo elegante um acordo muito elegante é mais que consequente, não é final e suficiente e substituído. Isso que tão gentilmente era um presente era constante.

## *A LONG DRESS.*

*What is the current that makes machinery, that makes it crackle, what is the current that presents a long line and a necessary waist. What is this current.*

*What is the wind, what is it.*

*Where is the serene length, it is there and a dark place is not a dark place, only a white and red are black, only a yellow and green are blue, a pink is scarlet, a bow is every color. A line distinguishes it. A line just distinguishes it.*

## *A RED HAT.*

*A dark grey, a very dark grey, a quite dark grey is monstrous ordinarily, it is so monstrous because there is no red in it. If red is in everything it is not necessary. Is that not an argument for any use of it and even so is there any place that is better, is there any place that has so much stretched out.*

## *A BLUE COAT.*

*A blue coat is guided guided away, guided and guided away, that is the particular color that is used for that length and not any width not even more than a shadow.*

## *A PIANO.*

*If the speed is open, if the color is careless, if the event is overtaken, if the selection of a strong scent is not awkward, if the button holder is held by all the waving color and there is no color, not any color. If there is no dirt in a pin and there can be none scarcely, if there is not then the place is the same as up standing.*

## UM VESTIDO LONGO.

Qual a corrente que faz o maquinário, que faz seus estalos, qual a corrente que apresenta uma longa linha e uma cintura necessária. O que é essa corrente.

O que é o vento, o que ele é.

Onde está o cumprimento sereno, está lá e um lugar escuro não é um lugar escuro , só um branco e vermelho são negros, só um amarelo e verde amarelos, um rosa é escarlate, um arco é toda cor. Uma linha o distingue. Uma linha apenas o distingue.

## UM CHAPÉU VERMELHO.

Um cinza escuro, um cinza muito escuro, um cinza bem escuro é terrivelmente comum, é terrível assim porque nele não há vermelho. Se vermelho há em tudo então não é necessário. Não é este um argumento para qualquer uso e mesmo assim há qualquer lugar que seja melhor, há qualquer lugar com tanta coisa esticada.

## UM CASACO AZUL.

Um casaco azul é guiado guiado para longe, guiado e guiado para longe, essa é a cor particular que é usada para aquele comprimento e não qualquer largura nem mesmo mais que uma sombra.

## UM PIANO.

Se a velocidade é aberta, se a cor é descuidada, se o evento é tomado, se a seleção de um forte odor não é estranha, se o suporte do botão é segurado por todas as cores ondulantes e não há cor, nenhuma cor. Se não há sujeira em uma agulha e dificilmente pode haver alguma, se não há então o lugar é o mesmo que ficar em pé.

*This is no dark custom and it even is not acted in any such a way that a restraint is not spread. That is spread, it shuts and it lifts and awkwardly not awkwardly the center is in standing.*

## *A CHAIR.*

*A widow in a wise veil and more garments shows that shadows are even. It addresses no more, it shadows the stage and learning. A regular arrangement, the severest and the most preserved is that which has the arrangement not more than always authorised.*

*A suitable establishment, well housed, practical, patient and staring, a suitable bedding, very suitable and not more particularly than complaining, anything suitable is so necessary.*

*A fact is that when the direction is just like that, no more, longer, sudden and at the same time not any sofa, the main action is that without a blaming there is no custody.*

*Practice measurement, practice the sign that means that really means a necessary betrayal, in showing that there is wearing.*

*Hope, what is a spectacle, a spectacle is the resemblance between the circular side place and nothing else, nothing else.*

*To choose it is ended, it is actual and more than that it has it certainly has the same treat, and a seat all that is practiced and more easily much more easily ordinarily.*

*Pick a barn, a whole barn, and bend more slender accents than have ever been necessary, shine in the darkness necessarily. Actually not aching, actually not aching, a stubborn bloom is so artificial and even more than that, it is a spectacle, it is a binding accident, it is animosity and accentuation.*

Isto não é um costume sombrio e não é mesmo tomado de qualquer modo em que uma restrição não se espalhe. Aquilo se espalha, se fecha e se levanta e estranhamente nem tão estranhamente o centro está em pé.

## UMA CADEIRA.

Uma viúva com um véu sabido e demais vestes mostram que as sombras são simétricas. Ela não se esforça mais, ela sombreia o palco e o aprendizado. Um arranjo comum, o mais severo e preservado é o que tem o arranjo não mais que sempre autorizado.

Um alojamento adequado, bem instalado, prático, paciente e pasmado, um leito adequado, bem adequado e não mais particular que reclamando, qualquer coisa adequada é tão necessária.

De modo que no momento em que a direção é assim, nunca mais, longa, súbita e ao mesmo tempo sem sofá algum, a principal medida é que sem culpa alguma não há tutela.

Pratique a medida, pratique o signo que diz que realmente diz uma traição necessária, ao mostrar que não há caimento.

Esperança, o que é um espetáculo, um espetáculo é a semelhança entre o lugar lateral circular e nada mais, nada mais.

Escolher que acabou, é atual e mais do que isso há certamente há o mesmo tratamento, e um assento geral que é praticado e mais facilmente muito mais facilmente normalmente.

Escolha um celeiro, um celeiro inteiro, e curve acentos mais esguios do que alguma vez foi necessário, reluza no escuro necessariamente. A sério sem sofrer, a sério sem sofrer, um inflexível florescer é tão artificial e até mais que isso, é um espetáculo, é um acidente ofuscante, é animosidade e acentuação.

*If the chance to dirty diminishing is necessary, if it is why is there no complexion, why is there no rubbing, why is there no special protection.*

*A FRIGHTFUL RELEASE.*

*A bag which was left and not only taken but turned away was not found. The place was shown to be very like the last time. A piece was not exchanged, not a bit of it, a piece was left over. The rest was mismanaged.*

*A PURSE.*

*A purse was not green, it was not straw color, it was hardly seen and it had a use a long use and the chain, the chain was never missing, it was not misplaced, it showed that it was open, that is all that it showed.*

*A MOUNTED UMBRELA.*

*What was the use of not leaving it there where it would hang what was the use if there was no chance of ever seeing it come there and show that it was handsome and right in the way it showed it. The lesson is to learn that it does show it, that it shows it and that nothing, that there is nothing, that there is no more to do about it and just so much more is there plenty of reason for making an exchange.*

Se a chance de diminuir a sujeira é necessária, se for o porquê de haver um complexo, por que não há atrito, por que há proteção especial.

## UM LANÇAMENTO TEMEROSO.

Um saco que foi largado e não apenas tomado mas recusado não foi encontrado. O lugar se mostrou similar à última vez. Uma peça não foi trocada, nem um só pedaço, uma peça sobrava. O resto foi mal gerido.

## UMA BOLSA.

Uma bolsa não era verde, não era palha, era pouco vista e teve um uso um longo uso e a corrente, a corrente nunca sumia, não se perdia, mostrava que estava aberta, era tudo que ela mostrava.

## UM GUARDA-SOL ABERTO.

De que adiantou não deixá-lo onde penderia de que adiantou se não havia chance de vê-lo ir e mostrar que era belo e certo do jeito que demonstrava. A lição é entender que ele o mostra, que o mostra e que nada, que não há nada, que não há mais o que fazer e ainda mais há tanta razão para fazer uma troca.

*A CLOTH.*

*Enough cloth is plenty and more, more is almost enough for that and besides if there is no more spreading is there plenty of room for it. Any occasion shows the best way.*

*MORE.*

*An elegant use of foliage and grace and a little piece of white cloth and oil.*

*Wondering so winningly in several kinds of oceans is the reason that makes red so regular and enthusiastic. The reason that there is more snips are the same shining very colored rid of no round color.*

*A NEW CUP AND SAUCER.*

*Enthusiastically hurting a clouded yellow bud and saucer, enthusiastically so is the bite in the ribbon.*

*OBJECTS.*

*Within, within the cut and slender joint alone, with sudden equals and no more than three, two in the center make two one side.*

*If the elbow is long and it is filled so then the best example is all together.*

*The kind of show is made by squeezing.*

UM PANO.

Pano o bastante é muito e mais, mais é quase o bastante para isso e além disso se não há mais espalhar há muito espaço para isso. Qualquer momento mostra o melhor caminho.

MAIS.

Um uso elegante de folhagem e graça e um pequeno pedaço de pano branco e óleo.

Refletindo tão triunfalmente em vários tipos de oceanos é o motivo que torna o tinto tão comum e entusiástico. O motivo pelo qual há mais recortes são o mesmo brilho bem colorido livre de qualquer cor redonda.

UM NOVO COPO E PIRES.

Entusiasticamente machucando um broto amarelo-nublado e um pires, entusiasmada assim é a mordida na fita.

OBJETOS.

Dentro, dentro só da junta esguia e cortada, com súbitos iguais e não mais que três, dois no centro fazem dois um lado.

Se o ângulo é longo e cheio então o melhor exemplo é todos juntos.

O tipo de mostra se faz espremendo.

*EYE GLASSES.*

*A color in shaving, a saloon is well placed in the center of an alley.*

*A CUTLET.*

*A blind agitation is manly and uttermost.*

*CARELESS WATER.*

*No cup is broken in more places and mended, that is to say a plate is broken and mending does do that it shows that culture is Japanese. It shows the whole element of angels and orders. It does more to choosing and it does more to that ministering counting. It does, it does change in more water.*

*Supposing a single piece is a hair supposing more of them are orderly, does that show that strength, does that show that joint, does that show that balloon famously. Does it.*

*A PAPER.*

*A courteous occasion makes a paper show no such occasion and this makes readiness and eyesight and likeness and a stool.*

*A DRAWING.*

*The meaning of this is entirely and best to say the mark, best to say it best to show sudden places, best to make bitter, best to make the length tall and nothing broader, anything between the half.*

## ÓCULOS.

Uma cor no barbear, um bar está bem colocado no centro de um beco.

## UMA COSTELA.

Uma agitação cega é viril e crucial.

## ÁGUA DESCUIDADA.

Nenhum copo está quebrado em mais lugares e emendado, quer dizer um prato está quebrado e emendar faz isso e isso mostra que a cultura é Japonesa. Mostra o elemento inteiro de anjos e ordens. Faz mais para escolha e faz mais para essa contagem ministrada. Faz, faz mudar em mais água.

Supondo que um só pedaço é um cabelo supondo que mais deles estão ordenados, será que mostra força, será que mostra aquela junta, será que mostra notoriamente aquele balão. Será.

## UM PAPEL.

Uma ocasião cortês faz um papel não mostrar tal ocasião e isso faz prontidão e visão e semelhança e um banco.

## UM DESENHO.

O significado disto é inteiramente e melhor para dizer a marca, melhor dizer melhor mostrar súbitos lugares, melhor fazer amargo, melhor fazer o comprimento alto e nada mais largo, qualquer coisa em meio à metade.

*WATER RAINING.*

*Water is astonishing and difficult altogether makes a meadow and a stroke.*

*COLD CLIMATE.*

*A season in yellow sold extra strings makes lying places.*

*MALACHITE.*

*The sudden spoon is the same in no size. The sudden spoon is the wound in the decision.*

*AN UMBRELLA.*

*Coloring high means that the strange reason is in front not more in front behind. Not more in front in peace of the dot. A PETTICOAT.*

*A light white, a disgrace, an ink spot, a rosy charm.*

*A WAIST.*

*A star glide, a single frantic sullenness, a single financial grass greediness.*

*Object that is in wood. Hold the pine, hold the dark, hold in the rush, make the bottom.*

*A piece of crystal. A change, in a change that is remarkable there is no reason to say that there was a time.*

ÁGUA CHOVENDO.

Água assombrosa e difícil de modo geral faz um prado e uma pincelada.

CLIMA FRIO.

Uma estação em amarelo vendeu fios extras faz lugares deitados.

MALAQUITA.

A brusca colher é idêntica em nenhum comprimento. A brusca colher é a chaga na escolha.

UM GUARDA-CHUVA.

Colorir alto significa que a estranha razão está em frente não mais em frente atrás. Não mais em frente na paz da bolinha.

UMA ANÁGUA.

Um branco claro, uma desgraça, uma mancha de tinta, um charme rosado.

UMA CINTURA.

Um deslize estelar, uma só rabugice frenética, um só pasto de voracidade financeira.

Objeto que é em madeira. Segure o pinho, segure o escuro, segure a pressa, faça o fundo.

Um pedaço de cristal. Uma mudança, em uma mudança que é notável não há razão para dizer que houve tempo.

*A wooden object gilded. A country climb is the best disgrace, a couple of practices any of them in order is so left.*

*A TIME TO EAT.*

*A pleasant simple habitual and tyrannical and authorised and educated and resumed and articulate separation. This is not tardy.*

*A LITTLE BIT OF A TUMBLER.*

*A shining indication of yellow consists in there having been more of the same color than could have been expected when all four were bought. This was the hope which made the six and seven have no use for any more places and this necessarily spread into nothing. Spread into nothing.*

*A FIRE.*

*What was the use of a whole time to send and not send if there was to be the kind of thing that made that come in. A letter was nicely sent.*

*A HANDKERCHIEF.*

*A winning of all the blessings, a sample not a sample because there is no worry.*

Um objeto de madeira dourado. Uma escalada no campo é a melhor desgraça, um pouco de prática qualquer deles em ordem é tão abandonado.

### UM TEMPO PARA COMER.

Uma agradável simples e habitual e tirânica e autorizada e educada e retomada e articulada separação. Isso não é tardio.

### UM POUQUINHO DE UM COPO.

Uma indicação radiante de amarelo consiste em haver mais da mesma cor do que poderia ser esperado quando os quatro foram comprados. Essa era a esperança que fez os seis e os sete não terem mais uso para qualquer lugar e isso necessariamente se espalhou em nada. Se espalhou em nada.

### UM FOGO.

Qual a utilidade de um tempo inteiro para enviar e não enviar se houvesse o tipo de coisa que fez isso chegar aqui. Uma carta foi enviada com cuidado.

### UM LENÇO DE BOLSO.

Uma vitória de todas as bênçãos, uma amostra não uma amostra porque não há aflição.

## *RED ROSES.*

*A cool red rose and a pink cut pink, a collapse and a sold hole, a little less hot.*

## *IN BETWEEN.*

*In between a place and candy is a narrow foot path that shows more mounting than anything, so much really that a calling meaning a bolster measured a whole thing with that. A virgin a whole virgin is judged made and so between curves and outlines and real seasons and more out glasses and a perfectly unprecedented arrangement between old ladies and mild colds there is no satin wood shining.*

## *COLORED HATS.*

*Colored hats are necessary to show that curls are worn by an addition of blank spaces, this makes the difference between single lines and broad stomachs, the least thing is lightening, the least thing means a little flower and a big delay a big delay that makes more nurses than little women really little women. So clean is a light that nearly all of it shows pearls and little ways. A large hat is tall and me and all custard whole.*

## *A FEATHER.*

*A feather is trimmed, it is trimmed by the light and the bug and the post, it is trimmed by little leaning and by all sorts of mounted reserves and loud volumes. It is surely cohesive.*

## ROSAS RUBRAS.

Uma fresca rosa rubra e um rosa corte rosa, um colapso e um buraco vendido, um pouco menos quente.

## ENTRE.

Entre um lugar e um doce há um caminho estreito que mostra mais escalada do que qualquer outra coisa, tanto que um chamado significando um impulso mediu uma coisa inteira com isso. Um virgem um virgem inteiro é julgado feito e entre curvas e perfis e razões reais e mais óculos e um arranjo perfeitamente sem precedentes entre senhoras e frios moderados não há brilho de madeira acetinada.

## CHAPÉUS COLORIDOS.

Chapéus coloridos são necessários para mostrar que cachos são usados por uma adição de espaços vazios, isso faz a diferença entre linhas simples e vastos estômagos, o mínimo é relâmpago, o mínimo significa uma florzinha e um grande atraso um grande atraso que faz mais enfermeiras do que mulheres pequenas mulheres realmente pequenas. Tão limpa é uma luz que quase toda ela mostra pérolas e pequenos caminhos. Um grande chapéu é alto e eu e tudo creme inteiro.

## UMA PENA.

Uma pena é aparada, é aparada pela luz e pelo correio e pelo inseto, é aparada por leve inclinação e por todo tipo de reservas montadas e volumes altos. É certamente coesa.

*A BROWN.*

*A brown which is not liquid not more so is relaxed and yet there is a change, a news is pressing.*

*A LITTLE CALLED PAULINE.*

*A little called anything shows shudders.*

*Come and say what prints all day. A whole few watermelon. There is no pope.*

*No cut in pennies and little dressing and choose wide soles and little spats really little spices.*

*A little lace makes boils. This is not true.*

*Gracious of gracious and a stamp a blue green white bow a blue green lean, lean on the top.*

*If it is absurd then it is leadish and nearly set in where there is a tight head.*

*A peaceful life to arise her, noon and moon and moon. A letter a cold sleeve a blanket a shaving house and nearly the best and regular window.*

*Nearer in fairy sea, nearer and farther, show white has lime in sight, show a stitch of ten. Count, count more so that thicker and thicker is leaning.*

*I hope she has her cow. Bidding a wedding, widening received treading, little leading, mention nothing.*

*Cough out cough out in the leather and really feather it is not for.*

*Please could, please could, jam it not plus more sit in when.*

## UM MARROM.

Um marrom que não é líquido é tão relaxado e ainda assim há uma mudança, uma notícia se impõe.

## UMA PEQUENA CHAMADA PAULINE.

Uma pequena chamada qualquer coisa apresenta arrepios.

Venha e diga o que imprime todo dia. Uma inteira parca melancia. Não há papa.

Sem corte em centavos e sem tempero e escolha solas largas e pequenas picuinhas realmente poucas especiarias.

Um tico de fita faz ferver. Isso não é verdade.

Gracioso do gracioso e um selo um azul verde branco laço um azul verde esguio, esguio no topo.

Se é absurdo então é chumbado e quase exato onde há uma cabeça estreita.

Uma vida tranquila para nascê-la, sul e lua e lua. Uma carta uma manga fria uma manta uma barbearia e a quase perfeita e banal janela.

Fronteiro no mar de fadas, fronteiro e afastado, indique que claro tem cal à vista, indique uma costura de dez. Conte, conte mais para que mais espesso e mais espesso se incline.

Espero que ela tenha sua vaca. Ofertando um casamento, alargando recebido pisando, pequena conduzindo, não mencione nada.

Tussa tussa no couro e realmente penas não são para.

Por favor poderia, por favor poderia, trave não mais mais sente quando.

*A SOUND.*

*Elephant beaten with candy and little pops and chews all bolts and reckless reckless rats, this is this.*

*A TABLE.*

*A table means does it not my dear it means a whole steadiness. Is it likely that a change.*

*A table means more than a glass even a looking glass is tall. A table means necessary places and a revision a revision of a little thing it means it does mean that there has been a stand, a stand where it did shake.*

*SHOES.*

*To be a wall with a damper a stream of pounding way and nearly enough choice makes a steady midnight. It is pus.*

*A shallow hole rose on red, a shallow hole in and in this makes ale less. It shows shine.*

*A DOG.*

*A little monkey goes like a donkey that means to say that more sighs last goes. Leave with it. A little monkey goes like a donkey.*

*A WHITE HUNTER.*

*A white hunter is nearly crazy.*

## UM SOM.

Elefante espancado com doce e pequenos estouros e mascar todos os parafusos e temerários temerários ratos, isso é isso.

## UMA MESA.

Uma mesa indica não é mesmo amor indica uma segurança inteira. É provável que uma mudança.

Uma mesa indica mais que uma taça mesmo um espelho é alto. Uma mesa indica assentos necessários e uma revisão uma revisão de uma coisinha indica indica mesmo que houve uma tomada de posição, uma tomada de posição onde tremeu mesmo.

## SAPATOS.

Ser um muro amortecido um fluxo de murros abrindo caminho e escolha quase suficiente faz uma meia noite constante. Isso é pus.

Um buraco raso roseou em carmin, um buraco raso adentro e dentro isso faz o chope parco. Ressalta o raiar.

## UM CACHORRO.

Um macaquinho vai como um burrinho ou seja o que mais suspira por último expira. Cai fora. Um macaquinho vai como um burrinho.

## UM CAÇADOR BRANCO.

Um caçador branco é quase louco.

## *A LEAVE.*

*In the middle of a tiny spot and nearly bare there is a nice thing to say that wrist is leading. The wrist is leading.*

## *SUPPOSE AN EYES.*

*Suppose it is within a gate which open is open at the hour of closing summer that is to say it is so.*

*All the seats are needing blackening. A white dress is in sign. A soldier a real soldier has a worn lace a worn lace of different sizes that is to say if he can read, if he can read he is a size to show shutting up twenty-four.*

*Go red go red, laugh white.*

*Suppose a collapse in rubbed purr, in rubbed purr get.*

*Little sales ladies little sales ladies little saddles of mutton.*

*Little sales of leather and such beautiful beautiful, beautiful beautiful.*

## *A SHAWL.*

*A shawl is a hat and hurt and a red ballon and an under coat and a sizer a sizer of talk.*

*A shawl is a wedding, a piece of wax a little build. A shawl.*

*Pick a ticket, pick it in strange steps and with hollows. There is hollow hollow belt, a belt is a shawl.*

*A plate that has a little bobble, all of them, any so.*

*Please a round it is ticket.*

## UMA FOLHA.

No meio de um pequeno ponto e quase nu há uma coisa boa a dizer que esse pulso conduz. O pulso conduz.

## SUPONHA UM OLHOS.

Suponha que é dentro de um portão que abre está aberto na hora de fechar o verão isto é dizer que é assim.

Todos os assentos precisam ser escurecidos. Um vestido branco está em signo. Um soldado um verdadeiro soldado tem uma renda usada uma renda usada de diferentes tamanhos isto é se ele consegue ler, se ele consegue ler ele é um tamanho para mostrar calando vinte e quatro.

Vai vermelho vai vermelho, ria branco.

Suponha um colapso em ronronar roçado, em ronronar roçado pegar.

Senhorinhas vendedoras senhorinhas vendedoras selins de carneiro.

Vendinhas de couro e tão lindas lindas, lindas lindas.

## UM XALE.

Um xale é um chapéu e machucado e um balão tinto e um casaco e um medidor um medidor de conversa.

Um xale é um casamento, um pedaço de cera um pequeno edifício. Um xale.

Escolha um bilhete, escolha em passos estranhos e com ocos. Há um oco oco cinto, um cinto é um xale.

Um prato que tem um bóbi, todos eles, algum assim.

Por favor um redondo isto é bilhete.

*It was a mistake to state that a laugh and a lip and a laid climb and a depot and a cultivator and little choosing is a point it.*

### *BOOK.*

*Book was there, it was there. Book was there. Stop it, stop it, it was a cleaner, a wet cleaner and it was not where it was wet, it was not high, it was directly placed back, not back again, back, it was returned, it was needless, it put a bank, a bank when , a bank care.*

*Suppose a man a realistic expression of resolute reliability suggests pleasing itself white all white and no head does that mean soap. It does not so. It means kind wavers and little chance to beside beside rest. A plain.*

*Suppose ear rings, that is one way to breed, breed that. Oh chance to say, oh nice old pole. Next best and nearest a pillar. Chest not valuable, be papered.*

*Cover up cover up the two with a little piece of string and hope rose and green, green.*

*Please a plate, put a match to the seam and really then really then, really then it is a remark that joins many many lead games. It is a sister and sister and a flower and a flower and a dog and a colored sky a sky colored grey and nearly that nearly that let.*

### *PEELED PENCIL, CHOKE.*

*Rub her coke.*

Foi um erro afirmar que uma risada e um lábio e uma escalada sulcada e um depósito e um cultivador e pequena escolha é um ponto isso.

## LIVRO.

Livro estava lá, ele estava lá. Livro estava lá. Pare com isso, pare com isso, era um lavador, um lavador encharcado e não estava onde estava encharcado, não estava alto, foi imediatamente devolvido, não de volta de novo, de volta, foi devolvido, era dispensável, ele fez um valor, um valor quando, um valor cuidado.

Suponha que um homem uma expressão realista de resoluta segurança sugere agradar a si mesmo até ficar branca toda branca sem cabeça isso significa sabão. Não é assim. Significa vacilações gentis e pouca chance de ao lado ao lado descansar. Um campo.

Suponha brincos, essa é uma forma de cruzar, cruze isso. Oh uma chance de dizer, oh belo poste antigo. Próximo perfeito e mais perto um pilar. Baú sem valor, seja forrado.

Cubra cubra os dois com um pouco de fio e corda rosa e verde, verde.

Uma lâmina por favor, ponha um fósforo na sutura e então de fato então de fato, então de fato é um comentário que entra em muitos jogos importantes. É uma irmã e irmã e uma flor e uma flor e um cão e um céu colorido um céu colorido de cinza e quase isso quase isso deixa.

## LÁPIS APONTADO, SUFOCA.

Roce sua coca.

*IT WAS BLACK, BLACK TOOK.*

*Black ink best wheel bale brown.*

*Excellent not a hull house, not a pea soup, no bill no care, no precise no past pearl pearl goat.*

*THIS IS THIS DRESS, AIDER.*

*Aider, why aider why whow, whow stop touch, aider whow, aider stop the muncher, muncher munchers.*

*A jack in kill her, a jack in, makes a meadowed king, makes a to let.*

## ERA PRETO, PRETO TOMOU.

Tinta preta melhor roda fardo marrom.

Excelente não uma pousada, não uma sopa de ervilha, sem nota sem problema, sem precisão sem pérola passada pérola cabra.

## ESTE É ESSE VESTIDO, AJUDANTE.

Ajudante, por que, ajudante por que hein, hein pare toque, ajudante hein, ajudante pare o comilão, comilão comilões.

Um joão bobo a matou, um joão bobo, faz um rei do prado, faz um para deixar.

# FOOD

*ROASTBEEF MUTTON BREAKFAST SUGAR CRANBERRIES MILK EGGS APPLE TAILS LUNCH CUPS RHUBARB SINGLE FISH CAKE CUSTARD POTATOES ASPARGUS BUTTER END OF SUMMER SAUSAGES CELERY VEAL VEGETABLE COOKING CHICKEN PASTRY CREAM CUCUMBER DINNER DINING EATING SALAD SAUCE SALMON ORANGE COCOA AND CLEAR SOUP AND ORANGES AND OAT-MEAL SALAD DRESSING AND AN ARTICHOKE A CENTER IN A TABLE.*

*ROASTBEEF.*

*In the inside there is sleeping, in the outside there is reddening, in the morning there is meaning, in the evening there is feeling. In the evening there is feeling. In feeling anything is resting, in feeling anything is mounting, in feeling there is resignation, in feeling there is recognition, in feeling there is recurrence and entirely mistaken there is pinching. All the standards have steamers and all the curtains have bed linen and all the yellow has discrimination and all the circle has circling. This makes sand.*

*Very well. Certainly the length is thinner and the rest, the round rest has a longer summer. To shine, why not shine, to shine, to station, to enlarge, to hurry the measure all this means nothing if there is singing, if there is singing then there is the resumption.*

*The change the dirt, not to change dirt means that there is no beefsteak and not to have that is no obstruction, it is so easy to exchange meaning, it is so easy to see the difference. The difference is that a plain resource is not entangled with thickness and it does*

# COMIDA

Rosbife Carneiro Desjejum Açúcar Oxicoco Leite Ovos Maçã Rabos Almoço Copos Ruibarbo Peixe só Bolo Manjar Batatas Aspargo Manteiga Fim do verão Salsichas Salsão Vitela Vegetal Cozinhando Frango Massa folhada Creme Pepino Jantar Jantando Comendo Salada Molho Salmão Laranja Cacau e sopa rala e laranjas e aveia Molho de salada e uma alcachofra Um centro em uma mesa.

ROSBIFE.

Dentro há dormir, fora há dourar, na manhã há o sentido, à tarde o sentimento. À tarde há o sentimento. No sentimento qualquer coisa está repousando, no sentimento qualquer coisa está montando, no sentimento há resignação, no sentimento há reconhecimento, no sentimento há recorrência e inteiramente equivocado há beliscar. Todos os padrões têm vapores e todas as cortinas têm lençóis e todo amarelo tem discernimento e todo círculo circularidade. Isso faz areia.

Muito bem. Certamente o comprimento é mais magro e o resto, o resto redondo tem um verão mais comprido. Brilhar, por que não brilhar, brilhar, acomodar, aumentar, apressar a medida tudo isso não diz nada se há cantoria, se há cantoria então há retomada.

A mudança a sujeira, não mudar a sujeira significa que não há bife e não tê-lo não é obstrução, é tão fácil mudar significados, é tão fácil ver a diferença. A diferença é que um simples recurso

*not mean that thickness shows such cutting, it does mean that a meadow is useful and a cow absurd. It does not mean that there are tears, it does not mean that exudation is cumbersome, it means no more than a memory, a choice and a reestablishment, it means more than any escape from a surrounding extra. All the time that there is use there is use and any time there is a surface there is a surface, and every time there is an exception there is an exception and every time there is a division there is a dividing. Any time there is a surface there is a surface and every time there is a suggestion there is a suggestion and every time there is silence there is silence and every time that is languid there is that there then and not oftener, not always, not particular, tender and changing and external and central and surrounded and singular and simple and the same and the surface and the circle and the shine and the succor and the white and the same and the better and the red and the same and the center and the yellow and the tender and the better, and altogether.*

*Considering the circumstances there is no occasion for a reduction, considering that there is no pealing there is no occasion for an obligation, considering that there is no outrage there is no necessity for any reparation, considering that there is no particle sodden there is no occasion for deliberation. Considering everything and which way the turn is tending, considering everything why is there no restraint, considering everything what makes the place settle and the plate distinguish some specialties. The whole thing is not understood and this is not strange considering that there is no education, this is not strange because having that certainly does show the difference in cutting, it shows that when there is turning there is no distress.*

*In kind, in a control, in a period, in the alteration of pigeons, in kind cuts and thick and thin spaces, in kind ham and different colors, the length of leaning a strong thing outside not to make a sound but to suggest a crust, the principal taste is when there is*

não é enredado com espessura e isso não significa que a espessura mostra um corte assim, significa que um prado é útil e uma vaca absurda. Isso não significa que há lágrimas, não significa que a transpiração é incômoda, não significa mais que uma memória, uma escolha e um restabelecimento, significa mais que qualquer fuga de um figurante circundante. Todo o tempo que há uso há uso e qualquer vez que há uma superfície há uma superfície, e toda vez que há uma exceção há uma exceção, e toda vez que há uma divisória há divisão. Qualquer vez que há uma superfície há uma superfície e toda vez que há uma sugestão há uma sugestão e toda vez que há silêncio há silêncio e toda vez que há languidez há isso então e não mais frequente, nem sempre, não em particular, afetuoso e cambiante e externo e central e cercado e singular e simples e o mesmo e a superfície e o círculo e o brilho e o socorro e o branco e o mesmo e o melhor e o vermelho e o mesmo e o centro e o amarelo e o tenro e o melhor e tudo junto.

Considerando as circunstâncias não há ocasião para uma redução, considerando que não há ressoar não há ocasião para uma obrigação, considerando que não há revolta não há necessidade para qualquer reparação, considerando que não há partícula encharcada não há ocasião para deliberação. Considerando tudo e em qual direção o vento sopra, considerando tudo por que não há restrição, considerando tudo o que faz o lugar se estabelecer e o prato distinguir algumas especialidades. A coisa toda não é entendida e isso não é estranho considerando que não há educação, não é estranho porque ter isso certamente mostra a diferença no corte, mostra que quando há virada não há aflição.

Em espécie, em um controle, em um período, na alteração de pombos, em cortes especiais e espessos e finos espaços, em espécie presunto e diferentes cores, o comprimento de inclinar uma coisa forte do lado de fora para não fazer ruído mas sugerir uma crosta, o sabor principal é quando há uma chance de ser razoável, isso não significa que há ultrapassagem, não significa qualquer

*a whole chance to be reasonable, this does not mean that there is overtaking, this means nothing precious, this means clearly that the chance to exercise is a social success. So then the sound is not obtrusive. Suppose it is obtrusive, suppose it is. What is certainly the desertion is not a reduced description, a description is not a birthday.*

*Lovely snipe and tender turn, excellent vapor and slender butter, all the splinter and the trunk, all the poisonous darkning drunk, all the joy in weak success, all the joyful tenderness, all the section and the tea, all the stouter symmetry.*

*Around the size that is small, inside the stern that is the middle, besides the remains that are praying, inside the between that is turning, all the region is measuring and melting is exaggerating.*

*Rectangular ribbon does not mean that there is no eruption it means that if there is no place to hold there is no place to spread. Kindness is not earnest, it is not assiduous it is not revered.*

*Room to comb chickens and feathers and ripe purple, room to curve single plates and large sets and second silver, room to send everything away, room to save heat and distemper, room to search a light that is simpler, all room has no shadow.*

*There is no use at all in smell, in taste, in teeth, in toast, in anything, there is no use at all and the respect is mutual.*

*Why should that which is uneven, that which is resumed, that which is tolerable why should all this resemble a smell, a thing is there, it whistles, it is not narrower, why is there no obligation to stay away and yet courage, courage is everywhere and the best remains to stay.*

*If there could be that which is contained in that which is felt there would be a chair where there are chairs and there would be no more denial about a clatter. A clatter is not a smell. All this is good.*

coisa preciosa, significa claramente que a chance de se exercitar é um sucesso social. E então o som não é indiscreto. Supondo que é indiscreto, supondo que é. O que decerto é deserção não é uma descrição resumida, uma descrição não é um aniversário.

Adorável narceja e tenro torneio, excelente vapor e magra manteiga, toda a lasca e o tronco, todo escurecer bêbado venenoso, toda alegria em fraco sucesso, toda alegre ternura, toda seção e o chá, toda simetria robusta.

Ao redor do tamanho que é pequeno, dentro da popa que é o meio, ao lado dos restos que rezam, dentro do entre que torneia, toda região se mede e derrete e exagera.

Fita retangular não significa que não há erupção, significa que se não há lugar para segurar não há lugar para espalhar. Gentileza não é sisuda, não é assídua não é venerada.

Quarto para pentear galinhas e penas e magenta madura, espaço para curvar pratos sozinhos e largos conjuntos e talheres pobres, espaço para mandar tudo para fora, espaço para preservar calor e doença, espaço para buscar uma luz que é mais simples, todo espaço não tem sombra.

Não há utilidade alguma no cheiro, no gosto, no dente, no torrado, em qualquer coisa, não há utilidade alguma e o respeito é mútuo.

Por que aquilo que é desigual, aquilo que é resumido, aquilo que é tolerável por que tudo isso lembraria um cheiro, uma coisa há, ela assobia, ela não é mais estreita, por que não há obrigação de ficar longe e ainda coragem, coragem está em todo lugar e o melhor fica para sempre.

Se pudesse haver aquilo que é contido naquilo que é sentido haveria uma cadeira onde há cadeiras e não haveria mais negação sobre um ruído. Um ruído não é um cheiro. Tudo isso está muito bem.

*The Saturday evening which is Sunday is every week day. What choice is there when there is a difference. A regulation is not active. Thirstiness is not equal division.*

*Anyway, to be older and ageder is not a surfeit nor a suction, it is not dated and careful, it is not dirty. Any little thing is clean, rubbing is black. Why should ancient lambs be goats and young colts and never beef, why should they, they should because there is so much difference in age.*

*A sound, a whole sound is not separation, a whole sound is in an order.*

*Suppose there is a pigeon, suppose there is.*

*Looseness, why is there a shadow in a kitchen, there is a shadow in a kitchen because every little thing is bigger.*

*The time when there are four choices and there are four choices in a difference, the time when there are four choices there is a kind and there is a kind. There is a kind. There is a kind. Supposing there is a bone, there is a bone. Supposing there are bones. There are bones. When there are bones there is no supposing there are bones. There are bones and there is that consuming. The kindly way to feel separating is to have a space between. This shows a likeness.*

*Hope in gates, hope in spoons, hope in doors, hope in tables, no hope in daintiness and determination. Hope in dates.*

*Tin is not a can and a stove is hardly. Tin is not necessary and neither is a stretcher. Tin is never narrow and thick.*

*Color is in coal. Coal is outlasting roasting and a spoonful, a whole spoon that is full is not spilling. Coal any coal is copper.*

*Claiming nothing, not claiming anything, not a claim in everything, collecting claiming, all this makes a harmony, it even makes a succession.*

A tarde de sábado que é domingo é todo útil. Que escolha há quando há uma diferença. Um regulamento não é ativo. Sede não é igual divisão.

De qualquer forma, ser mais velho e mais idoso não é uma sobra nem uma sucção, não é datado e cauteloso, não é sujo. Qualquer coisinha é limpa, esfregar é escuro. Por que cordeiros antigos deveriam ser bodes e jovens potros e nunca bife, por que deveriam, eles deveriam por haver tanta diferença de idade.

Um som, um som todo não é divisão, um som todo está em um pedido.

Supondo que haja um pombo, supondo que haja

Largado, por que há uma sombra em uma cozinha, há uma sombra em uma cozinha porque toda coisinha é maior.

O momento em que há quatro opções e há quatro opções em uma diferença, o momento em que há quatro opções há um tipo e há um tipo. Há um tipo. Há um tipo. Supondo que há um osso, há um osso. Supondo que há ossos. Há ossos. Quando há ossos não há suposição de que há ossos. Há ossos e aí está esse sorver. O modo gentil de sentir separando é ter um espaço no meio. Isso mostra uma semelhança.

Crer em portões, crer em colheres, crer em portas, crer em mesas, sem crer em delicadeza e determinação. Crença em datas.

Latão não é uma lata e um fogão dificilmente o é. Latão não é necessário e nem é um arranhador. Latão nunca é estreito e espesso.

Cor está no carvão. Carvão é duradouro e assando e um punhado, um punhado inteiro que é cheio não derrama. Carvão qualquer carvão é cobre.

Exigindo nada, não exigindo nada, não uma exigência em tudo, reunindo exigências, tudo isso faz harmonia, faz até sucessão.

*Sincerely gracious one morning, sincerely graciously trembling, sincere in gracious eloping, all this makes a furnace and a blanket. All this shows quantity.*

*Like an eye, not so much more, not any searching, no compliments.*

*Please be the beef, please beef, pleasure is not wailing. Please beef, please be carved clear, please be a case of consideration.*

*Search a neglect. A sale, any greatness is a stall and there is no memory, there is no clear collection.*

*A satin sight, what is a trick, no trick is mountainous and the color, all the rush is in the blood.*

*Bargaining for a little, bargain for a touch, a liberty, an estrangement, a characteristic turkey.*

*Please spice, please no name, place a whole weight, sink into a standard rising, raise a circle, choose a right around, make the resonance accounted and gather green any collar.*

*To bury a slender chicken, to raise an old feather, to surround a garland and to bake a pole splinter, to suggest a repose and to settle simply, to surrender one another, to succeed saving simpler, to satisfy a singularity and not to be blinder, to sugar nothing darker and to read redder, to have the color better, to sort out dinner, to remain together, to surprise no sinner, to curve nothing sweeter, to continue thinner, to increase in resting recreation to design string not dimmer.*

*Cloudiness what is cloudiness, is it a lining, is it a roll, is it melting.*

*The sooner there is jerking, the sooner freshness is tender, the sooner the round it is not round the sooner it is withdrawn in cutting, the sooner the measure means service, the sooner there is chinking, the sooner there is sadder than salad, the sooner there is none do her, the sooner there is no choice, the sooner there is a*

Sinceramente gracioso uma manhã, sinceramente graciosamente tremendo, sincero em fuga graciosa, tudo isso faz uma fornalha e um cobertor. Tudo isso mostra quantidade.

Como um olho, não muito mais, nenhuma procura, nenhum elogio.

Por favor seja o bife, por favor bife, prazer não é lamentar. Por favor bife, por favor seja destrinchado claro, por favor seja um caso de consideração.

Busque um abandono. Uma venda, qualquer grandeza é uma pausa e não há memória, não há clara lembrança.

Uma cena de cetim, que é um truque, nenhum truque é montanhoso e a cor, toda a pressa está no sangue.

Barganhando por pouco, barganha por um toque, uma liberdade, um estranhamento, um peru peculiar.

Por favor tempero, por favor sem nome, coloque um peso inteiro, afunde em um aumento comum, erga um círculo, escolha um ao redor, conte a ressonância e colha verde qualquer colar.

Enterrar um frango magro criar uma pena velha, cercar uma grinalda e assar uma farpa de mastro, sugerir um repouso e assentar simplesmente, se render um ao outro, ter sucesso salvando mais simples, satisfazer uma singularidade e não ser uma cegueira, adoçar nada mais escuro e ler mais rubro, ter a cor melhor, escolher o jantar, ficar junto não surpreender nenhum pecador, curvar nada mais doce, continuar mais fino, aumentar em descanso recreativo desenhar corda não menos sombria.

Nebulosidade o que é nebulosidade, é um forro, é um rolo, está derretendo.

Tão cedo há agitar, tão cedo o frescor é tenro, tão cedo o redondo não é redondo tão cedo é retirado no cortar, tão cedo a medida quer dizer serviço, tão cedo há tinir, tão cedo há sofrimento e não salada, tão cedo não há nada faça ela, tão cedo

*gloom freer, the same sooner and more sooner, this is no error in hurry and in pressure and in opposition to consideration.*

*A recital, what is a recital, it is an organ and use does not strengthen valor, it soothes medicine.*

*A transfer, a large transfer, a little transfer, some transfer, clouds and tracks do transfer, a transfer is not neglected.*

*Pride, when is there perfect pretence, there is no more than yesterday and ordinary.*

*A sentence of a vagueness that is violence is authority and a mission and stumbling and also certainly also a prison. Calmness, calm is beside the plate and in way in. There is no turn in terror. There is no volume in sound.*

*There is coagulation in cold and there is none in prudence. Something is preserved and the evening is long and the colder spring has sudden shadows in a sun. All the stain is tender and lilacs really lilacs are disturbed. Why is the perfect reestablishment practiced and prized, why is it composed. The result the pure result is juice and size and baking and exhibition and nonchalance and sacrifice and volume and a section in division and the surrounding recognition and horticulture and no murmur. This is a result. There is no superposition and circumstance, there is hardness and a reason and the rest and remainder. There is no delight and no mathematics.*

## *MUTTON.*

*A letter which can wither, a learning which can suffer and an outrage which is simultaneous is principal.*

*Student, students are merciful and recognised they chew something.*

não há escolha, tão cedo há pesar mais livre, tão cedo assim e mais cedo ainda, isso não é um erro em se apressar e em pressão e em oposição à consideração.

Um recital o que é um recital, é um órgão e o uso não aumenta seu valor, suaviza o remédio.

Uma transferência uma grande transferência, uma pequena transferência, alguma transferência, nuvens e trilhas fazem transferência, uma transferência não é descuidada.

Orgulho, quando há pretensão perfeita, não há mais que ontem e ordinário.

Uma sentença de uma vagueza que é violência e autoridade e uma missão e um tropeço e também certamente também uma prisão. Calmaria, calmo está ao lado do prato e no caminho adentro. Não há torneio no terror. Não há volume no som.

Há coagular no glacial e não há na prudência. Algo é preservado e a tarde é longa e a primavera mais fria tem súbitas sombras em um sol. Toda a tensão é tenra e lilases lilases reais estão incomodados. Por que o perfeito reestabelecimento praticado e premiado, por que é composto. O resultado o puro resultado é suco e tamanho e assar e exibição e indiferença e sacrifício e volume e uma seção na divisão e o reconhecimento do entorno e horticultura e nenhum murmúrio. Esse é o resultado. Não há superposição e circunstância, há dureza e uma razão e o descanso e o resto. Não há prazer nem matemática.

## CARNEIRO.

Uma carta que resseca, um aprendizado que pode sofrer e um ultraje que é simultâneo é principal.

Estudante, estudantes são clementes e reconhecidos eles mastigam algo.

*Hate rests that is solid and sparse and all in a shape and largely very largely. Interleaved and successive and a sample of smell all this makes a certainty a shade.*

*Light curls very light curls have no more curliness than soup. This is not a subject.*

*Change a single stream of denting and change it hurriedly, what does it express, it expresses nausea. Like a very strange likeness and pink, like that and not more like that than the same resemblance and not more like that than no middle space in cutting.*

*An eye glass, what is an eye glass, it is water. A splendid specimen, what is it when it is little and tender so that there are parts. A center can place and four are no more and two and two are not middle.*

*Melting and not minding, safety and powder, a particular recollection and a sincere solitude all this makes shunning so thorough and so unrepeated and surely if there is anything left it is a bone. It is not solitary.*

*Any space is not quiet it is so likely to be shiny. Darkness very dark darkness is sectional. There is a way to see in onion and surely very surely rhubarb and a tomatoe, surely very surely there is that seeding. A little thing in is a little thing.*

*Mud and water were not present and not any more of either. Silk and stockings were not present and not any more of either. A receptacle and a symbol and no monster were present and no more. This made a piece show and was it a kindness, it can be asked was it a kindness to have it warmer, was it a kindness and does gliding mean more. Does it.*

*Does it dirty a ceiling. It does not. Is it dainty, it is if prices are sweet. Is it lamentable, it is not if there is no undertaker. Is it curious, it is not when there is youth. All this makes a line, it even makes no more. All this makes cherries. The reason that*

Ódio repousa que é sólido e esparso e tudo em uma forma e largamente muito largamente. Intervalado e sucessivo e amostra de aroma tudo isso faz uma certeza uma sombra.

Luz ondula muito luz ondula não há mais ondulação que sopa. Isso não é um assunto.

Mude um só fluxo de entalhe e mude depressa, o que ele expressa, ele expressa enjoo. Como uma muita estranha semelhança e rosa, como isso e não mais como isso que a mesma similaridade e não mais como isso que nenhum espaço médio no corte.

Um olho de vidro, o que é um olho de vidro, é água. Um espécime esplêndido, o que é quando é pequeno e tenro de modo a haver partes. Um centro pode colocar e quatro não são mais e dois e dois não são meio.

Liquidando e nem ligando, segurança e pó, uma recordação particular e uma sincera solidão tudo isso faz o expulsar tão metódico e tão incomum e certamente se algo restou é um osso. Não é solitário.

Qualquer espaço não é quieto, é tão provável ser brilhante. Escuridão muito escuro escuridão é seccional. Tem um jeito de ver uma cebola e certamente muito certamente ruibarbo e um tomate, certamente muito certamente tem aquele semear. Uma coisinha dentro é uma coisinha.

Lama e água não estavam presentes e não mais das duas. Seda e meias não estavam presentes e não mais das duas. Um receptáculo e um símbolo e nenhum monstro estavam presentes e não mais. Isso fez um espetáculo e foi gentileza, pode ser perguntado foi gentileza ter mais morno, foi gentileza e deslizar diria mais. Diria.

Isso suja o teto. Não suja. É gracioso, é se os preços são bons. É lamentável, não é se não há coveiro. É curioso, não é quando há juventude. Tudo isso faz uma linha, até não fazer mais. Tudo

*there is a suggestion in variety is due to this that there is a burst of mixed music.*

*A temptation any temptation is an exclamation if there are misdeeds and little bones. It is not astonishing that bones mingle as they vary not at all and in any case why is a bone outstanding, it is so because the circumstance that does not make a cake and character is so easily churned and cherished.*

*Mouse and mountain and a quiver, a quaint statue and pain in an exterior and silence more silence louder shows salmon a mischief intender. A cake, a real salve made of mutton and liquor, a specially retained rinsing and an established cork and blazing, this which resignation influences and restrains, restrains more altogether. A sign is the specimen spoken.*

*A meal in mutton, mutton, why is lamb cheaper, it is cheaper because so little is more. Lecture, lecture and repeat instruction.*

### *BREAKFAST.*

*A change, a final change includes potatoes. This is no authority for the abuse of cheese. What language can instruct any fellow.*

*A shining breakfast, a breakfast shining, no dispute, no practice, nothing, nothing at all.*

*A sudden slice changes the whole plate, it does so suddenly.*

*An imitation, more imitation, imitations succeed imitations.*

*Anything that is decent, anything that is present, a calm and a cook and more singularly still a shelter, all these show the need of clamor. What is the custom, the custom is in the center.*

*What is a loving tongue and pepper and more fish than there is when tears many tears are necessary. The tongue and the salmon,*

isso faz cerejas. A razão que há uma sugestão em variedade é por causa disso que há uma explosão de música misturada.

Uma tentação qualquer tentação é uma exclamação se há delitos e ossinhos. Não é espantoso que ossos se misturem como eles não variam nem um pouco de qualquer modo por que um osso é ilustre, ele o é porque a circunstância que não faz um bolo e caráter é tão facilmente inquieta e querida.

Camundongo e cordilheira e um palpitar, uma estátua diferente e dor em um exterior e silêncio mais silêncio mais alto mostra salmão um maldoso. Um bolo, uma real defesa feita de carneiro e licor, um enxágue especialmente retido e uma rolha estabelecida e arder, isso que a resignação influencia e restringe, restringe mais ao todo. Um signo é o espécime sussurrado.

Uma comida em carneiro, carneiro, por que cordeiro é mais barato, é mais barato porque tão menos é mais. Palestre, palestre e repita instrução.

## DESJEJUM.

Uma mudança, uma mudança final inclui batatas. Isso não é autoridade para o abuso do queijo. Que linguagem pode instruir qualquer camarada.

Um brilhante desjejum, um desjejum brilhante, sem dúvida, sem prática, nada, nada mesmo.

Uma lasca súbita muda todo o prato, ela o faz subitamente.

Uma imitação, mais imitação, imitações sucedem imitações.

Qualquer coisa decente, qualquer coisa presente, uma calma e um cozinheiro e mais estranhamente ainda um abrigo, tudo isso mostra a carência de clamor. Qual o costume, o costume é no centro.

O que é uma língua amorosa e pimenta e mais peixe do que temos é quando lágrimas mil lágrimas são necessárias. A língua e o

*there is not salmon when brown is a color, there is salmon when there is no meaning to an early morning being pleasanter. There is no salmon, there are no tea cups, there are the same kind of mushes as are used as stomachers by the eating hopes that makes eggs delicious. Drink is likely to stir a certain respect for an egg cup and more water melon than was ever eaten yesterday. Beer is neglected and cocoanut is famous. Coffee all coffee and a sample of soup all soup these are the choice of a baker. A white cup means a wedding. A wet cup means a vacation. A strong cup means an especial regulation. A single cup means a capital arrangement between the drawer and the place that is open.*

*Price a price is not in language, it is not in custom, it is not in praise.*

*A colored loss, why is there no leisure. If the persecution is so outrageous that nothing is solemn is there any occasion for persuasion.*

*A grey turn to a top and bottom, a silent pocketful of much heating, all the pliable succession of surrendering makes an ingenious joy.*

*A breeze in a jar and even then silence, a special anticipation in a rack, a gurgle a whole gurgle and more cheese than almost anything, is this an astonishment, does this incline more than the original division between a tray and a talking arrangement and even then a calling into another room gently with some chicken in any way.*

*A bent way that is a way to declare that the best is all together, a bent way shows no result, it shows a slight restraint, it shows a necessity for retraction.*

*Suspect a single buttered flower, suspect it certainly, suspect it and then glide, does that not alter a counting.*

*A hurt mended stick, a hurt mended cup, a hurt mended article of exceptional relaxation and annoyance, a hurt mended, hurt and mended is so necessary that no mistake is intended.*

salmão, não há salmão quando a cor é marrom, há salmão quando não há sentido em uma manhã cedo ser mais prazerosa. Não há salmão, não há xícaras de chá, há o mesmo tipo de mingau que os usados como estomaqueiras pelas esperanças famintas que fazem ovos deliciosos. A bebida provavelmente despertará um certo respeito por uma xícara de ovo e mais melancia do que jamais foi comida ontem. Cerveja é desprezada e coco é famoso. Café todo café e uma amostra de sopa toda sopa essas são a escolha de um padeiro. Um copo branco significa um casamento. Um copo molhado significado uma viagem. Um copo forte significa um regulamento especial. Um copo só significa um grande arranjo entre a cômoda e o lugar que está aberto.

Preço um preço não está na linguagem, não está no costume, não está no aplauso.

Uma perda colorida, por que não há prazer. Se a perseguição é tão ultrajante que nada é solene há alguma ocasião para persuasão.

Uma curva cinza para cima e para baixo, um bolso cheio de muito calor, toda a sucessão maleável de rendição faz uma alegria ingênua.

Uma brisa em um jarro e até mesmo silêncio, uma antecipação especial em uma estante, um gorgolejo um gorgolejo inteiro e mais queijo do que quase tudo mais, é isso um espanto, isso inclina mais que a divisão original entre uma bandeja e um arranjo de discussão e até aí um chamado para outro quarto gentilmente com alguma galinha de qualquer forma.

Um jeito torto que é um jeito de declarar que o melhor é tudo junto, um jeito torto não mostra resultado, mostra uma leve restrição, mostra necessidade de retração.

Suspeite uma só flor amanteigada, suspeite dela certamente, suspeite e então deslize, isso não altera a contagem.

Uma vara ferida remendada, um copo ferido remendado, um artigo ferido remendado de relaxo e incômodo incomuns,

*What is more likely than a roast, nothing really and yet it is never disappointed singularly.*

*A steady cake, any steady cake is perfect and not plain, any steady cake has a mounting reason and more than that it has singular crusts. A season of more is a season that is instead. A season of many is not more a season than most.*

*Take no remedy lightly, take no urging intently, take no separation leniently, beware of no lake and no larder.*

*Burden the cracked wet soaking sack heavily, burden it so that it is an institution in fright and in climate and in the best plan that there can be.*

*An ordinary color, a color is that strange mixture which makes, which does make which does not make a ripe juice, which does not make a mat.*

*A work which is a winding a real winding of the cloaking of a relaxing rescue. This which is so cool is not dusting, it is not dirtying in smelling, it could use white water, it could use more extraordinarily and in no solitude altogether. This which is so not winsome and not widened and really not so dipped as dainty and really dainty, very dainty, ordinarily, dainty, a dainty, not in that dainty and dainty. If the time is determined, if it is determined and there is reunion there is reunion with that then outline, then there is in that a piercing shutter, all of a piercing shouter, all of a quite weather, all of a withered exterior, all of that in most violent likely.*

*An excuse is not dreariness, a single plate is not butter, a single weight is not excitement, a solitary crumbling is not only martial.*

uma ferida remendada, ferido e remendado é tão necessário que nenhum erro é pretendido.

O que é mais provável que um assado, nada realmente e mesmo assim ele nunca se desaponta especialmente.

Um bolo firme, qualquer bolo firme é perfeito e não pobre, um bolo firme tem um motivo de montagem e além disso tem crostas singulares. Uma estação do mais é uma estação que é ao invés. Uma estação dos muitos não é mais estação que as demais.

Não aceite cura com leveza, não aceite impulso com intento, não aceite cisão com doçura, cuidado com nenhum lago e nenhum celeiro.

Carregue o saco molhado rachado com peso, carregue para que seja uma instituição em medo e em clima e no melhor plano que pode haver.

Uma cor comum, uma cor é essa estranha mistura que faz, que faz que não faz um suco maduro, que não faz um capacho.

Um trabalho que é tortuoso uma real tortuosidade da camuflagem de um resgate relaxante. Isso que é tão fresco não é espanar, não é sujar no cheirar, poderia usar água branca, poderia usar de modo mais extraordinário e sem solidão ao todo. Isso que não é cativante e não é alargado e realmente não tão mergulhado como delicado e delicado mesmo, muito delicado, ordinariamente, delicado, uma delicadeza, não aquele delicado e delicado. Se a hora é marcada, se é marcada e há reunião há reunião com isso e então esboça, então há nisso uma cortina penetrante, todo um clamar penetrante, todo um clima bastante, todo um exterior seco, tudo isso em mais violento provável.

Uma desculpa não é tristeza, um prato só não é manteiga, um peso só não é euforia, um desmoronar solitário não é só marcial.

*A mixed protection, very mixed with the same actual intentional unstrangeness and riding, a single action caused necessarily is not more a sign than a minister.*

*Seat a knife near a cage and very near a decision and more nearly a timely working cat and scissors. Do this temporarily and make no more mistake in standing. Spread it all and arrange the white place, does this show in the house, does it not show in the green that is not necessary for that color, does it not even show in the explanation and singularly not at all stationary.*

*SUGAR.*

*A violent luck and a whole sample and even then quiet.*

*Water is squeezing, water is almost squeezing on lard. Water, water is a mountain and it is selected and it is so practical that there is no use in money. A mind under is exact and so it is necessary to have a mouth and eye glasses.*

*A question of sudden rises and more time than awfulness is so easy and shady. There is precisely that noise.*

*A peck a small piece not privately overseen, not at all not a slice, not at all crestfallen and open, not at all mounting and chaining and evenly surpassing, all the bidding comes to tea.*

*A separation is not tightly in worsted and sauce, it is so kept well and sectionally.*

*Put it in the stew, put it to shame. A little slight shadow and a solid fine furnace.*

*The teasing is tender and trying and thoughtful.*

*The line which sets sprinkling to be a remedy is beside the best cold.*

Uma proteção mista, muito mista com a mesma verdadeira desestranheza intencional e cavalgando, uma só ação fatalmente causada não é mais um sinal que um pastor.

Coloque uma faca perto de uma jaula e muito perto uma escolha e mais perto um oportuno gato trabalhador e tesouras. Faça isso por um tempo e não cometa mais erros de pé. Espalhe tudo e arranje o lugar branco, isso mostra na casa, isso não mostra no verde que não é necessário para essa cor, isso não mostra sequer na explicação e singularmente nem um pouco estacionário.

## AÇÚCAR.

Uma sorte violenta e uma amostra inteira e até então quieta.

Água está esguichando, água está quase esguichando na banha. Água, água é uma montanha e é selecionada e é tão prática que dinheiro não tem uso. Uma mente sob é exata e então é necessário ter uma boca e olhos de vidro.

Uma questão de súbitas subidas e mais tempo que horror é tão simples e sombria. Há precisamente esse ruído.

Uma bicada um pequeno pedaço sem supervisão privada, nem um pouco nem um pedaço, nem um pouco cabisbaixo e aberto, nem um pouco montando e encadeando e simetricamente superando, todas as apostas vêm pro chá.

Uma separação não é rijamente em lã e molho, ela é mantida bem e seccionada.

Ponha ele na sopa, deixe tomar vergonha. Uma leve esguia sombra e um belo firme forno.

A troça é tenra e tentadora e atenta.

A linha que traça o borrifo como remédio está par a par com o melhor resfriado.

*A puzzle, a monster puzzle, a heavy choking, a neglected Tuesday.*

*Wet crossing and a likeness, any likeness, a likeness has blisters, it has that and teeth, it has the staggering blindly and a little green, any little green is ordinary.*

*One, two and one, two, nine, second and five and that.*

*A blaze, a search in between, a cow, only any wet place, only this tune.*

*Cut a gas jet uglier and then pierce pierce in between the next and negligence. Choose the rate to pay and pet pet very much. A collection of all around, a signal poison, a lack of languor and more hurts at ease.*

*A white bird, a colored mine, a mixed orange, a dog.*

*Cuddling comes in continuing a change.*

*A piece of separate outstanding rushing is so blind with open delicacy.*

*A canoe is orderly. A period is solemn. A cow is accepted.*

*A nice old chain is widening, it is absent, it is laid by.*

*CRANBERRIES.*

*Could there not be a sudden date, could there not be in the present settlement of old age pensions, could there not be by a witness, could there be.*

*Count the chain, cut the grass, silence the noon and murder flies. See the basting, undip the chart, see the way the kinds are best seen from the rest, from that and untidy.*

Um enigma, um enigma horrendo, um engasgo pesado, uma terça-feira descuidada.

Travessia molhada e uma semelhança, qualquer semelhança, uma semelhança tem perebas, ela tem isso e dentes, ela tem o cambaleio cego e um verdinho, qualquer verdinho é comum.

Um, dois e um, nove, segundo e cinco e isso.

Uma chama, uma busca entre, uma vaca, apenas qualquer lugar molhado, apenas essa canção.

Corte um jato de gás mais feio e então fure fure entre o próximo e a negligência. Escolha a taxa para pagar e afague afague muito. Uma coleção de tudo em volta, um signo veneno, uma falta de langor e mais chagas à vontade.

Um pássaro branco, uma mina colorida, uma laranja mista, um cão.

O carinho chega na continuação de uma comuta.

Um pedaço de pressa notável e separada é tão cego com delicadeza aberta.

Uma canoa é ordenada. Um período é solene. Uma vaca é aceita.

Uma boa corrente velha se amplia, ela se abstém, ela é posta de lado.

## OXICOCO.

Não poderia haver uma data súbita, não poderia haver no acordo corrente de pensões de idosos, não poderia haver por uma testemunha, poderia haver.

Conte a corrente, corte a grama, silencie a tarde e assassine moscas. Veja o pururucar, dispa o quadro, veja como os tipos são melhor vistos que o resto, daquilo e desarrumado.

*Cut the whole space into twenty four spaces and then and then is there a yellow color, there is but it is smelled, it is then put where it is and nothing stolen.*

*A remarkable degree of red means that, a remarkable exchange is made.*

*Climbing all together in when there is a solid chance of soiling no more than a dirty thing, coloring all of it in steadying is jelly.*

*Just as it is suffering, just as it is succeeded, just as it is moist so is there no countering.*

*MILK.*

*A white egg and a colored pan and a cabbage showing settlement, a constant increase.*

*A cold in a nose, a single cold nose makes an excuse. Two are more necessary.*

*All the goods are stolen, all the blisters are in the cup.*

*Cooking, cooking is the recognition between sudden and nearly sudden very little and all large holes.*

*A real pint, one that is open and closed and in the middle is so bad.*

*Tender colds, seen eye holders, all work, the best of change, the meaning, the dark red, all this and bitten, really bitten.*

*Guessing again and golfing again and the best men, the very best men.*

Corte o espaço todo em vinte e quatro espaços e então e então há uma cor amarela, há mas é cheirada, é então posta onde está e nada roubada.

Um grau notável de vermelho significa que, uma troca notável é feita.

Escalar todos juntos quando há uma chance boa de sujar nada mais que uma coisa imunda, colorir tudo em fixar é geleia.

Assim como está sofrendo, assim como é sucedido, assim como está úmido então não há contra-ataque.

LEITE.

Um ovo branco e uma panela colorida um repolho mostrando assentamento, um aumento constante.

Um resfriado no nariz, um só nariz refrigerado cria uma desculpa. Duas são mais necessárias.

Todos os bens foram roubados, todas as perebas estão no copo.

Cozinhar, cozinhar é o reconhecimento entre súbitos e quase súbitos bem pequenos e largos buracos.

Uma cerveja de verdade, a que é aberta e fechada no meio é tão ruim.

Frios tenros, portadores de olhos vistos, todo o trabalho, o melhor na mudança, o significado, o vermelho escuro, tudo isso e mordido, mordido mesmo.

Adivinhar de novo e jogar golfe de novo e os melhores homens, os melhores homens mesmo.

*MILK.*

*Climb up in sight climb in the whole utter needles and a guess a whole guess is hanging. Hanging hanging.*

*EGGS.*

*Kind height, kind in the right stomach with a little sudden mill.*

*Cunning shawl, cunning shawl to be steady.*

*In white in white handkerchiefs with little dots in a white belt all shadows are singular they are singular and procured and relieved.*

*No that is not the cows shame and a precocious sound, it is a bite.*

*Cut up alone the paved way which is harm. Harm is old boat and a likely dash.*

*APPLE.*

*Apple plum, carpet steak, seed clam, colored wine, calm seen, cold cream, best shake, potatoe, potatoe and no no gold work with pet, a green seen is called bake and change sweet is bready, a little piece a little piece please.*

*A little piece please. Cane again to the presupposed and ready eucalyptus tree, count out sherry and ripe plates and little corners of a kind of ham. This is use.*

LEITE.

Suba à vista, suba nas agulhas todas e uma adivinha uma adivinha toda está pendurada. Pendurada pendurada.

OVOS.

Altura amável, amável no estômago certo com um pequeno moinho repentino.

Xale astuto, xale astuto para ficar firme.

Em branco em brancos lenços com pontinhos em um cinto branco todas as sombras são singulares elas são singulares e obtidas e aliviadas.

Não, isso não é a vergonha das vacas e um som precoce, é uma mordida.

Corte só o caminho pavimentado que é perigo. Perigo é velho barco e um arranco provável.

MAÇÃ.

Maçã ameixa, bife de tapete, semente de marisco, vinho colorido, calma vista, creme frio, melhor shake, batata, batata e nenhum nenhum trabalho em ouro com bicho, um verde visto é chamado assado e mudança doce é como pão, um pedacinho um pedacinho por favor.

Um pedacinho por favor. Vara de novo à árvore de eucalipto pronta e pressuposta, conte o xerez e os pratos maduros e pequenos cantos de um tipo de presunto. Isso é uso.

*TAILS.*

*Cold pails, cold with joy no joy.*

*A tiny seat that means meadows and a lapse of cuddles with cheese and nearly bats, all this went messed. The post placed a loud loose sprain. A rest is no better. It is better yet. All the time.*

*LUNCH.*

*Luck in loose plaster makes holy gauge and nearly that, nearly more states, more states come in town light kite, blight not white.*

*A little lunch is a break in skate a little lunch so slimy, a west end of a board line is that which shows a little beneath so that necessity is a silk under wear. That is best wet. It is so natural and why is there flake, there is flake to explain exhaust.*

*A real cold hen is nervous is nervous with a towel with a spool with real beads. It is mostly an extra sole nearly all that shaved, shaved with an old mountain, more than that bees, more than that dinner and a bunch of likes that is to say the hearts of onions aim less.*

*Cold coffee with a corn a corn yellow and green mass is a gem.*

*CUPS.*

*A single example of excellence is in the meat. A bent stick is surging and might all might is mental. A grand clothes is searching out a candle not that wheatly not that by more than an owl and a path. A ham is proud of cocoanut.*

RABOS.

Baldes frios, frios com alegria sem alegria.

Um pequeno assento que denota prados e um lapso de abraços com queijo e quase morcegos, tudo isso foi bagunçado. O poste botou uma torcida alta e solta. Um descanso não é melhor. É melhor ainda. Todo o tempo.

ALMOÇO.

Acaso em gesso solto faz santo calibre e quase isso, quase mais estados, mais estados vêm à cidade clara pipa, praga não alva.

Um almocinho é uma pausa em patinar um almocinho tão viscoso, uma ponta oeste de uma linha de tabuleiro é aquilo que mostra um pouco abaixo para que a necessidade seja uma calcinha de seda. Esse é o melhor molhado. É tão natural, e por que há flocos, há flocos para explicar exausto.

Uma galinha bem fria é nervosa é nervosa com uma toalha com um carretel com contas de verdade. É em maior parte uma sola extra quase tudo isso raspado, raspado com uma montanha velha, mais que isso abelhas, mais que isso jantar e um monte de gostos isto é os corações das cebolas sem direção.

Café frio com milho um milho amarelo e massa verde é uma gema.

COPOS.

Um só exemplo de excelência está na carne. Uma vara dobrada está surgindo e pode todo poder ser mental. Uma grande roupas está buscando uma vela não aquela trigal não aquela por mais que uma coruja e uma passagem. Um presunto é orgulhoso do coco.

*A cup is neglected by being all in size. It is a handle and meadows and sugar any sugar.*

*A cup is neglected by being full of size. It shows no shade, in come little wood cuts and blessing and nearly not that not with a wild bought in, not at all so polite, not nearly so behind.*

*Cups crane in. They need a pet oyster, they need it so hoary and nearly choice. The best slam is utter. Nearly be freeze.*

*Why is a cup a stir and a behave. Why is it so seen.*

*A cup is readily shaded, it has in between no sense that is to say music, memory, musical memory.*

*Peanuts blame, a half sand is holey and nearly.*

## *RHUBARB.*

*Rhubarb is susan not susan not seat in bunch toys not wild and laughable not in little places not in neglect and vegetable not in fold coal age not please.*

## *SINGLE FISH.*

*Single fish single fish single fish egg plant single fish sight.*

*A sweet win and not less noisy than saddle and more ploughing and nearly well painted by little things so.*

*Please shade it a play. It is necessary and beside the large sort is puff.*

*Every way oakly, please prune it near. It is so found.*

*It is not the same.*

Um copo é negligenciado por ser todo em tamanho. É uma alça e prados e açúcar qualquer açúcar.

Um copo é negligenciado por ser cheio de tamanho. Não mostra sombra alguma, adentro vêm lascas de madeira e benção e quase nada disso não com uma selva comparada, nem um pouco tão polido, nem um pouco tão atrás.

Copos se içam. Eles precisam de um marisco de estimação, eles precisam dele tão grisalho e quase escolha. A melhor batida é absoluta. Quase congelar-se.

Por que um copo é uma mexida e um proceder. Por que é tão visto.

Um copo é prontamente sombreado, ele não tem senso no seu dentro quer dizer música, memória, memória musical.

Amendoins culpam, meia areia é furada e aproximada.

## RUIBARBO.

Ruibarbo é susan não susan não assento em bando brinquedos não selvagens e risíveis não em pequenos lugares não em negligência e vegetal não em idade de dobrar carvão não por favor.

## PEIXE SÓ.

Peixe só peixe só peixe só berinjela vista peixe só.

Uma doce vitória e não menos ruidosa que selim e mais arar e quase bem pintado por coisinhas assim.

Por favor sombreie uma peça. É necessário e ao lado o tipo grande é trago.

Todo caminho carvalhado, por favor apare ele perto. É tão achado.

Não é o mesmo.

*CAKE.*

*Cake cast in went to be and needles wine needles are such.*

*This is to-day. A can experiment is that which makes a town, makes a town dirty, it is little please. We came back. Two bore, bore what, a mussed ash, ash when there is tin. This meant cake. It was a sign.*

*Another time there was extra a hat pin sought long and this dark made a display. The result was yellow. A caution, not a caution to be.*

*It is no use to cause a foolish number. A blanket stretch a cloud, a shame, all that bakery can tease, all that is beginning and yesterday yesterday we had it met. It means some change. No some day.*

*A little leaf upon a scene an ocean any where there, a bland and likely in the stream a recollection green land. Why white.*

*CUSTARD.*

*Custard is this. It has aches, aches when. Not to be. Not to be narrowly. This makes a whole little hill.*

*It is better than a little thing that has mellow real mellow. It is better than lakes whole lakes, it is better than seeding.*

*POTATOES.*

*Real potatoes cut in between.*

## BOLO.

Bolo bolado para ser e agulhas agulhas de vinho são tais.

Isso é ao dia. Um experimento de lata é aquele que faz uma cidade, faz uma cidade suja, é pouco por favor. Nós voltamos. Dois furam, furam o que, uma cinza bagunçada, cinza quando há latão. Isso queria dizer bolo. Era um sinal.

Outra vez havia uma sobra um alfinete de chapéu muito buscado e esse escuro fez uma exposição. O resultado foi amarelo. Um cuidado, não um cuidado em ser.

Não há uso em causar um número tolo. Uma manta esticada uma nuvem, um embaraço, toda aquela padaria pode provocar, tudo isso começa e ontem ontem nós o alcançamos. Significa alguma mudança. Não algum dia.

Uma folhinha sobre uma cena um oceano qualquer lugar ali, uma branda e provável no riacho uma recordação terra verde. Por que pálido.

## MANJAR.

Manjar é isso. Tem dores, dói quando. Não ser. Não ser estreito. Isso faz toda uma colina pequena.

É melhor que uma coisinha que é suave bem suave. É melhor que lagos inteiros lagos, é melhor que semear.

## BATATAS.

Batatas reais cortadas no meio.

*POTATOES.*

*In the preparation of cheese, in the preparation of crackers, in the preparation of butter, in it.*

*ROAST POTATOES.*

*Roast potatoes for.*

*ASPARGUS.*

*Asparagus in a lean in a lean to hot. This makes it art and it is wet wet weather wet weather wet.BUTTER.*

*Boom in boom in, butter. Leave a grain and show it, show it. I spy.*

*It is a need it is a need that a flower a state flower. It is a need that a state rubber. It is a need that a state rubber is sweet and sight and a swelled stretch. It is a need. It is a need that state rubber.*

*Wood a supply. Clean little keep and a strange, estrange on it.*

*Make a little white, no and not with pit, pit on in within.*

*END OF SUMMER.*

*Little eyelets that have hammer and a check with stripes between, a lounge, in wit, in a rested development.*

BATATAS.

No preparo do queijo, no preparo de biscoitos, no preparo da manteiga, nisso.

BATATAS ASSADAS.

Batatas assadas para.

ASPARGOS.

Aspargos se inclinando se inclinando pro quente. Isso faz disso arte e isso é úmido clima úmido clima úmido úmido.

MANTEIGA.

Brame brame, manteiga. Deixe um grão e mostre, mostre. Eu espio.

É preciso é preciso que uma flor uma flor do estado. É preciso que uma borracha do estado. É preciso que uma borracha do estado seja doce e vista e um trecho inchado. É preciso. É preciso que a borracha do estado.

Madeira uma provisão. Limpe pequeno mantenha e um estranho, estranhe isso.

Faça um pouco branco, não e sem poço, apoce dentro.

FIM DO VERÃO.

Pequenos ilhós que tem martelo e um cheque com tiras entre, um saguão, no ardil, em um projeto aposentado.

*SAUSAGES.*

*Sausages in between a glass.*

*There is read butter. A loaf of it is managed. Wake a question. Eat an instant, answer.*

*A reason for bed is this, that a decline, any decline is poison, poison is a toe a toe extractor, this means a solemn change. Hanging.*

*No evil is wide, any extra in leaf is so strange and singular a red breast.*

*CELERY.*

*Celery tastes tastes where in curled lashes and little bits and mostly in remains.*

*A green acre is so selfish and so pure and so enlivened.*

*VEAL.*

*Very well very well, washing is old, washing is washing.*

*Cold soup, cold soup clear and particular and a principal a principal question to put into.*

*VEGETABLE.*

*What is cut. What is cut by it. What is cut by it in.*

*It was a cress a crescent a cross and an unequal scream, it was upslanting, it was radiant and reasonable with little ins and red.*

## SALSICHAS.

Salsichas entre um vidro.

Há manteiga de leitura. Um pedaço dela é gerido. Desperte uma pergunta. Coma um instante, responda.

Uma razão para cama é essa, que um declínio, qualquer declínio é veneno, veneno é dedo do pé um extrator de dedo do pé, isso indica uma mudança solene. Pendurar.

Nenhum mal é amplo, qualquer sobra em folhas é tão estranho e singular um peito vermelho.

## SALSÃO.

Salsão tem gosto tem gosto onde em cílios curvados e pedacinhos e sobretudo em restos.

Um acre verde é tão egoísta e tão puro e tão vivaz.

## VITELA.

Veja ela veja ela, lavar é velho, lavar é lavar.

Sopa fria, sopa rala fria e particular e uma principal uma principal questão para colocar.

## VEGETAIS.

O que é cortado. O que é cortado por ele. O que é cortado por ele em.

Era uma cenoura uma crescente uma cruz e um grito desigual, era inclinado, era radiante e razoável com poucas entradas e vermelho.

*News. News capable of glees, cut in shoes, belike under pump of wide chalk, all this combing.*

*WAY LAY VEGETABLE.*

*Leaves in grass and mow potatoes, have a skin, hurry you up flutter.*

*Suppose it is ex a cake suppose it is new mercy and leave charlotte and nervous bed rows. Suppose it is meal. Suppose it is sam.*

*COOKING.*

*Alas, alas the pull alas the bell alas the coach in china, alas the little put in leaf alas the wedding butter meat, alas the receptacle, alas the back shape of mussle, mussle and soda.*

*CHICKEN.*

*Pheasant and chicken, chicken is a peculiar third.*

*CHICKEN.*

Alas a dirty word, alas a dirty third alas a dirty third, alas a dirty bird.

*CHICKEN.*

*Alas a doubt in case of more go to say what it is cress. What is it. Mean. Potatoe. Loaves.*

Novas. Novas capazes de alegrias, cortadas em sapatos, como sob uma bomba de amplo giz, todo esse pentear.

VEGETAL EMBOSCADO.

Folhas na grama e cortar batatas, coma uma pele, apresse alarmado.

Supondo que seja ex um bolo supondo que seja nova misericórdia e deixe charlotte e filas de camas nervosas. Supondo que seja uma refeição. Supondo que seja o sam.

COZINHANDO.

Ai, ai do puxão ai do sino ai do treinador na china, ai do pequeno colocado em folhas ai da carne de manteiga do casório, ai do receptáculo, ai da forma negra de marisco, marisco e soda.

FRANGO.

Faisão e frango, frango é um terço peculiar.

FRANGO.

Ai um termo sujo, ai um terço sujo ai um terço sujo, ai um tender sujo.

FRANGO.

Ai uma dúvida em caso de mais vá dizer o que é agrião. O que é isso. Significar. Batata. Pães.

*CHICKEN.*

*Stick stick call then, stick stick sticking, sticking with a chicken. Sticking in a extra succession, sticking in.*

*CHAIN-BOATS.*

*Chain-boats are merry, are merry blew, blew west, carpet.*

*PASTRY.*

*Cutting shade, cool spades and little last beds, make violet, violet when.*

*CREAM.*

*In a plank, in a play sole, in a heated red left tree there is shut in specs with salt be where. This makes an eddy. Necessary.*

*CREAM.*

*Cream cut. Any where crumb. Left hop chambers.*

*CUCUMBER.*

Not a razor less, not a razor, ridiculous pudding, red and relet put in, rest in a slender go in selecting, rest in, rest in in white widening.

FRANGO.

Fure fure chame então, fure fure furando, ficando com um frango. Furando uma sucessão a mais, furando.

REBOCADORES.

Rebocadores são alegres, são alegres, soprou, soprou oeste, carpete.

MASSA FOLHADA.

Fatiando sombras, espadas frias e últimas caminhas, faça violeta, violeta quando.

CREME.

Em uma prancha, em uma partida só, em uma árvore vermelha aquecida e deixada há óculos fechados com sal seja onde. Isso faz um tornado. Necessário.

CREME.

Creme cortado. Naco em qualquer lugar. Câmaras de lúpulo abandonadas.

PEPINO.

Nem um gilete a menos, nem um gilete, gelatina ridícula, vermelha e relançada colocada, descanse em uma ida magra ao escolher, descanse, descanse em abertura branca.

*DINNER.*

*Not a little fit, not a little fit sun in sat in shed more mentally.*

*Let us why, let us why weight, let us why winter chess, let us why way.*

*Only a moon to soup her, only that in the sell never be the cocups nice be, shatter it they lay.*

*Egg ear nuts, look a bout. Shoulder. Let it strange, sold in bell next herds.*

*It was a time when in the acres in late there was a wheel that shot a burst of land and needless are niggers and a sample sample set of old eaten butterflies with spoons, all of it to be are fled and measures make it, make it, yes all the one in that we see where shall not it set with a left and more so, yes there add when the longer not it shall the best in the way when all be with when shall not for there with see and chest how for another excellent and excellent and easy easy excellent and easy express e c, all to be nice all to be no so. All to be no so no so. All to be not a white old chat churner. Not to be any example of an edible apple in.DINING.*

*Dining is west.*

*EATING.*

*Eat ting, eating a grand old man said roof and never never re soluble burst, not a near ring not a bewildered neck, not really any such bay.*

*Is it so a noise to be is it a least remain to rest, is it a so old say to be, is it a leading are been. Is it so, is it so, is it so, is it so is it so is it so.*

## JANTAR.

Nem um pouco exato, nem um pouco exato ensolarado assentado na choça mais mentalmente.

Deixe-nos por que, deixe-nos por que peso, deixe-nos por que xadrez invernal, deixe-nos por que percurso.

Só uma lua para ensopar-lá, só isso na venda nunca sejam os cocopos sejam bons, quebre-os eles deitam.

Ovo ouvido nozes, olhe um ataque. Ombro. Deixe estranhar, vendidos em sinos próximos bandos.

Era um tempo em que nos acres no final havia uma roda que atirava um jato de terra desnecessário são negros e uma amostra jogo de amostra de velhas borboletas comidas com colheres, tudo isso para ser são fugidos e medidas o fazem, o fazem, sim todo aquele que nós vemos onde ele não se acomodará com uma esquerda e mais ainda, sim lá adicionar quando o mais demorado não ele deverá o melhor no caminho quando tudo ser com quando deverá não por lá com ver e baú como para outra excelente e excelente e fácil fácil excelente e fácil expressar e c, tudo ser bom tudo não ser assim. Tudo não ser assim não assim. Tudo ser não uma batedeira bate-papo branca. Não ser qualquer exemplo de uma maçã comestível em. JANTANDO.

Jantando é oeste.

## COMENDO.

Come estrondo, comendo um grande homem velho disse teto e nunca nunca re solúvel explodiu, nem um anel perto nem uma nuca confusa, nenhuma baía assim.

É tão sonoro ser será isso mesmo o menos resto para repousar, é um tão velho diga ser, é uma liderando são foram. Será isso mesmo, é assim mesmo, é assim mesmo, é assim é assim mesmo é assim mesmo.

*Eel us eel us with no no pea no pea cool, no pea cool cooler, no pea cooler with a land a land cost in, with a land cost in stretches.*

*Eating he heat eating he heat it eating, he heat it heat eating. He heat eating.*

*A little piece of pay of pay owls owls such as pie, bolsters.*

*Will leap beat, willie well all. The rest rest oxen occasion occasion to be so purred, so purred how.*

*It was a ham it was a square come well it was a square remain, a square remain not it a bundle, not it a bundle so is a grip, a grip to shed bay leave bay leave draught, bay leave draw cider in low, cider in low and george. George is a mass.*

*EATING.*

*It was a shame it was a shame to stare to stare and double and relieve relieve be cut up show as by the elevation of it and out out more in the steady where the come and on and the all the shed and that.*

*It was a garden and belows belows straight. It was a pea, a pea pour it in its not a succession, not it a simple, not it a so election, election with.*

*SALAD.*

*It is a winning cake.*

Nos enguie nos enguie sem sem ervilha sem ervilha fresca, sem ervilha mais fresca, nenhuma ervilha mais fresca com uma terra um custo de terra em, com um custo de terra em pedaços.

Comendo ele acalora comendo ele o acalora comendo, ele o acalora acalora comendo. Ele acalora comendo.

Um pedacinho de paga de paga corujas corujas como pastéis, apoios.

Vai saltar exausto, bato bem tudo. O resto repousa bois ocasião ocasião de ser ronronado, tão ronronado como.

Era um presunto era um quadrado venha bem era um resto de quadrado, um resto de quadrado não em pacote, não em um pacote então é um aperto, um aperto para derramar a partida da baía a partida da baía profunda, a partida da baía trouxe cidra baixa, cidra baixa e george. George é um banana.

## COMENDO.

Era uma pena era uma pena encarar encarar e dobrar e aliviar aliviar ser cortado mostrar como pela elevação daquilo e fora fora mais na firmeza onde o vir e o sobre e o todo o derramado e aquilo.

Era um jardim e sob sob reto. Era uma ervilha uma ervilha, uma ervilha ponha adentro no seu não é uma sucessão, não isso um simples, não isso uma eleição assim, eleição com.

## SALADA.

É um bolo vencedor.

*SAUCE.*

*What is bay labored what is all be section, what is no much. Sauce sam in.*

*SALMON.*

*It was a peculiar bin a bin fond in beside.*

*ORANGE.*

Why is a feel oyster an egg stir. Why is it orange center.

*A show at tick and loosen loosen it so to speak sat.*

*It was an extra leaker with a see spoon, it was an extra licker with a see spoon.*

*ORANGE.*

*A type oh oh new new not no not knealer knealer of old show beefsteak, neither neither.*

*ORANGES.*

*Build is all right.*

*ORANGE IN.*

*Go lack go lack use to her.*

MOLHO.

O que é baía trabalhada o que é tudo ser seção, o que é não muito. Salmuel ao molho.

SALMÃO.

Era um cesto peculiar um cesto carinhoso ao lado.

LARANJA.

*Por que um sentir ostra um ovo mexer. Por que é o centro laranja.*

Um show na marca e se solte se solte por assim dizer sente-se.

Era um vazador extra com uma colher de olhar, era um lambedor extra com uma colher de olhar.

LARANJA.

Um tipo oh oh novo novo não nem não hinário hinário antigo show bife filé, nenhuma nenhuma.

LARANJAS.

Construir é o que há de correto.

LARANJA NA.

Vá faltar vá faltar uso para ela.

*COCOA AND CLEAR SOUP AND ORANGES AND OAT-MEAL.*

*Whist bottom whist close, whist clothes, woodling.*

*COCOA AND CLEAR SOUP AND ORANGES AND OAT-MEAL.*

*Pain soup, suppose it is question, suppose it is butter, real is, real is only, only excreate, only excreate a no since.*

*A no, a no since, a no since when, a no since when since, a no since when since a no since when since, a no since, a no since when since, a no since, a no, a no since a no since, a no since, a no since.*

*SALAD DRESSING AND AN ARTICHOKE.*

*Please pale hot, please cover rose, please acre in the red stranger, please butter all the beef-steak with regular feel faces.*

*SALAD DRESSING AND AN ARTICHOKE.*

*It was please it was please carriage cup in an ice-cream, in an ice-cream it was too bended bended with scissors and all this time. A whole is inside a part, a part does go away, a hole is red leaf. No choice was where there was and a second and a second.*

CACAU E SOPA RALA E LARANJAS E AVEIA.

Calça de uíste quase uíste, veste de uíste, come-alpiste.

CACAU E SOPA RALA E LARANJAS E AVEIA.

Sopa de pesar, supondo que seja uma pergunta, supondo que seja manteiga, real é, real é apenas, apenas expila, apenas expila um não censo.

Um não, um não censo, um não censo com, um não censo com censo, um não censo com censo um não censo com censo, um não censo, um não censo com censo, um não censo, um não, um não censo com um não censo, um não censo, um não censo.

MOLHO DE SALADA E UMA ALCACHOFRA.

Por favor pálido quente, por favor cubra rosa, por favor acre no estranho vermelho, por favor amanteigue todo o filé com rostos de tato regulares.

MOLHO DE SALADA E UMA ALCACHOFRA.

Era por favor era por favor copo de carruagem em um sorvete, em um sorvete estava muito dobrado dobrado com tesouras e todo esse tempo. Um tudo está dentro de uma parte, uma parte vai embora, um furo é folha vermelha. Nenhuma escolha foi quando havia e um segundo e um segundo.

*A CENTER IN A TABLE.*

*It was a way a day, this made some sum. Suppose a cod liver a cod liver is an oil, suppose a cod liver oil is tunny, suppose a cod liver oil tunny is pressed suppose a cod liver oil tunny pressed is china and secret with a bestow a bestow reed, a reed to be a reed to be, in a reed to be.*

*Next to me next to a folder, next to a folder some waiter, next to a folder some waiter and re letter and read her. Read her with her for less.*

## UM CENTRO EM UMA MESA.

Era uma via um dia, isso fez alguma soma. Supondo que um bacalhau um bacalhau seja um óleo, suponha que um óleo de bacalhau seja como atum, suponha que um óleo de bacalhau como atum seja pressionado suponha que um óleo de bacalhau como atum pressionado seja louça e secreta com uma doação uma doação de junco, um junco para ser um junco, em um junco para ser.

Do meu lado do meu lado de uma pasta, do lado de uma pasta algum garçom, do lado de uma pasta algum garçom e re letra e leia ela. Leia ela com ela por menos.

# ROOMS

*Act so that there is no use in a center. A wide action is not a width. A preparation is given to the ones preparing. They do not eat who mention silver and sweet. There was an occupation.*

*A whole center and a border make hanging a way of dressing. This which is not why there is a voice is the remains of an offering. There was no rental.*

*So the tune which is there has a little piece to play, and the exercise is all there is of a fast. The tender and true that makes no width to hew is the time that there is question to adopt.*

*To begin the placing there is no wagon. There is no change lighter. It was done. And then the spreading, that was not accomplishing that needed standing and yet the time was not so difficult as they were not all in place. They had no change. They were not respected. They were that, they did it so much in the matter and this showed that that settlement was not condensed. It was spread there. Any change was in the ends of the center. A heap was heavy. There was no change.*

*Burnt and behind and lifting a temporary stone and lifting more than a drawer.*

*The instance of there being more is an instance of more. The shadow is not shining in the way there is a black line. The truth has come. There is a disturbance. Trusting to a baker's boy meant that there would be very much exchanging and anyway what is the use of a covering to a door. There is a use, they are double.*

# QUARTOS

Aja de forma que não haja uso em um centro. Uma ação larga não é uma largura. Uma preparação é dada àqueles que se preparam. Não comem os que dizem prata e prazer. Havia uma ocupação.

Um centro todo e uma fronteira fazem pendurar uma forma de vestir. Isso que não é por que há uma voz são os restos de uma oferenda. Não houve aluguel.

Então a melodia que está lá tem uma pequena peça para tocar, e o exercício é tudo que há de um jejum. O tenro e o correto que não fazem largura no corte é a hora em que há uma questão a adotar.

Pra começar o colocar não há vagão. Não há mudança mais leve. Foi feito. E então o espalhar, que não estava cumprindo isso precisava ficar de pé e ainda assim o tempo não foi tão difícil como não estavam todos em seu lugar. Eles não tiveram mudança. Não eram respeitados. Eram aquilo, eles fizeram tanto sobre esse assunto e isso mostrou que aquele assentamento não estava condensado. Estava espalhado ali. Qualquer mudança estava nas pontas do centro. Uma pilha estava pesada. Não houve mudança.

Torrado e atrás e levantando uma pedra temporária e levantando mais que uma gaveta.

A instância de haver mais é uma instância de mais. A sombra não está cintilando da mesma forma que haja uma linha preta. A verdade chegou. Há um distúrbio. A confiança em um aprendiz de padeiro acusou que haveria muitas trocas e de qualquer forma qual o uso de cobrir uma porta. Há um uso, eles são dobrados.

*If the center has the place then there is distribution. That is natural. There is a contradiction and naturally returning there comes to be both sides and the center. That can be seen from the description.*

*The author of all that is in there behind the door and that is entering in the morning. Explaining darkening and expecting relating is all of a piece. The stove is bigger. It was of a shape that made no audience bigger and if the opening is assumed why should there not be kneeling. Any force which is bestowed on a floor shows rubbing. This is so nice and sweet and yet there comes the change, there comes the time to press more air. This does not mean the same as disappearance.*

*A little lingering lion and a chinese chair, all the handsome cheese which is stone, all of it and a choice, a choice of a blotter. If it is difficult to do it one way there is no place of similar trouble. None. The whole arrangement is established. The end of which is that there is a suggestion, a suggestion that there can be a different whiteness to a wall. This was thought.*

*A page to a corner means that the shame is no greater when the table is longer. A glass is of any height, it is higher, it is simpler and if it were placed there would not be any doubt.*

*Something that is an erection is that which stands and feeds and silences a tin which is swelling. This makes no diversion that is to say what can please exaltation, that which is cooking.*

*A shine is that which when covered changes permission. An enclosure blends with the same that is to say there is blending. A blend is that which holds no mice and this is not because of a floor it is because of nothing, it is not in a vision.*

*A fact is that when the place was replaced all was left that was stored and all was retained that would not satisfy more than another. The question is this, is it possible to suggest more to replace*

Se o centro tem um lugar então há um distúrbio. Isso é natural. Há uma contradição e naturalmente voltar para lá vem a ser os dois lados e o centro. Isso pode ser visto na descrição.

O autor disso tudo que está ali atrás da porta e que está entrando na manhã. Explicando o escurecimento e esperando se relacionar é tudo um pedaço só. O forno é maior. Era de uma forma que não fazia uma audiência maior e se a abertura é antecipada por que não haveria de se ajoelhar. Qualquer força aplicada ao chão mostra fricção. Isso é tão bom e doce e ainda assim vem a mudança, vem o momento de pressionar mais ar. Isso não quer dizer o mesmo que sumiço.

Um pequeno leão persistente e uma cadeira chinesa, todo o queijo jeitoso que é pedra, tudo isso e uma escolha, uma escolha de um borrador. Se é difícil fazer de um jeito não há lugar para similar problema. Nenhum. O arranjo todo se estabelece. Cujo final é que há uma sugestão, uma sugestão que pode haver brancura diversa para uma parede. Isso foi pensado.

Uma página para um canto diz que a vergonha não é maior quando a mesa é mais longa. Um vidro é de qualquer altura, é mais alto, é mais simples e se fosse posto não haveria dúvida.

Algo que é uma ereção é aquilo que sustenta e alimenta e silencia uma lata que incha. Isso não faz uma diversão quer dizer aquilo que agrada a exaltação, aquilo que é cozinhar.

Um brilho é aquilo que quando coberto muda de permissão. Um claustro se mistura com o mesmo quer dizer há mistura. Uma mistura é aquilo que não contém ratos e isso não é por causa de um andar é por causa de nada, não é uma visão.

Um fato é que quando o local foi recolocado tudo que estava guardado foi deixado e tudo que não satisfaria mais que qualquer outra coisa foi retido. A questão é essa, é possível sugerir mais para substituir aquela coisa. Essa questão e essa negação perfeita faz o tempo mudar todo o tempo.

*that thing. This question and this perfect denial does make the time change all the time.*

*The sister was not a mister. Was this a surprise. It was. The conclusion came when there was no arrangement. All the time that there was a question there was a decision. Replacing a casual acquaintance with an ordinary daughter does not make a son.*

*It happened in a way that the time was perfect and there was a growth of a whole dividing time so that where formerly there was no mistake there was no mistake now. For instance before when there was a separation there was waiting, now when there is separation there is the division between intending and departing. This made no more mixture than there would be if there had been no change.*

*A little sign of an entrance is the one that made it alike. If it were smaller it was not alike and it was so much smaller that a table was bigger. A table was much bigger, very much bigger. Changing that made nothing bigger, it did not make anything bigger littler, it did not hinder wood from not being used as leather. And this was so charming. Harmony is so essential. Is there pleasure when there is a passage, there is when every room is open. Every room is open when there are not four, there were there and surely there were four, there were two together. There is no resemblance.*

*A single speed, the reception of table linen, all the wonder of six little spoons, there is no exercise.*

*The time came when there was a birthday. Every day was no excitement and a birthday was added, it was added on Monday, this made the memory clear, this which was a speech showed the chair in the middle where there was copper.*

*Alike and a snail, this means Chinamen, it does there is no doubt that to be right is more than perfect there is no doubt and glass is confusing it confuses the substance which was of a color. Then came the time for discrimination, it came then and it was*

A irmã não era um varão. Foi isso uma surpresa. Foi. A conclusão veio quando não havia arranjo. Toda vez que havia uma questão havia uma decisão. Trocar um conhecido casual por uma filha comum não faz um filho.

Aconteceu de uma maneira em que o tempo foi perfeito e houve um crescimento de um tempo todo dividido de modo que onde antes havia um erro não havia mais agora. Por exemplo antes quando havia separação havia espera, agora quando há separação há divisão entre intenção e partida. Isso não fez mais mistura do que haveria se não houvesse tido alguma mudança.

Uma pequena placa de uma entrada é aquela que a faz afim. Se fosse menor não era afim e era tão menor que uma mesa era maior. Uma mesa era maior, tão maior. Mudar isso não fez nada maior, não fez nada maior menor, não impediu que madeira não fosse usada como couro. E isso foi tão encantador. Harmonia é tão essencial. Há prazer quando há uma passagem, há quando todo quarto está aberto. Todo quarto está aberto quando não há quatro, havia ali e com certeza havia quatro, havia dois juntos. Não há semelhança.

Uma só velocidade, a recepção de toalhas de mesa, toda a maravilha de seis colheres pequenas, não há exercício.

O tempo veio em que houve um aniversário. Todo dia não havia agito e um aniversário foi adicionado, foi adicionado segunda-feira, isso fez a memória clara, isso que era um discurso demonstrava a cadeira no meio onde havia cobre.

Como tal e um caracol, isso quer dizer chineses, quer sim não há dúvida que para estar certo é mais que perfeito não há dúvida e vidro é confuso ele confunde a substância que era de uma cor. Então veio o tempo da discriminação, ele veio e nunca foi mencionado que ele era tão triunfante, ele mostrou toda a cabeça que tinha uma cavidade e tinha que ter uma cavidade ela mostrava a semelhança entre prata.

*never mentioned it was so triumphant, it showed the whole head that had a hole and should have a hole it showed the resemblance between silver.*

*Startling a starving husband is not disagreeable. The reason that nothing is hidden is that there is no suggestion of silence. No song is sad. A lesson is of consequence.*

*Blind and weak and organised and worried and betrothed and resumed and also asked to a fast and always asked to consider and never startled and not at all bloated, this which is no rarer than frequently is not so astonishing when hair brushing is added. There is quiet, there certainly is.*

*No eye glasses are rotten, no window is useless and yet if air will not come in there is a speech ready, there always is and there is no dimness, not a bit of it.*

*All along the tendency to deplore the absence of more has not been authorised. It comes to mean that with burning there is that pleasant state of stupefication. Then there is a way of earning a living. Who is a man.*

*A silence is not indicated by any motion, less is indicated by a motion, more is not indicated it is enthralled. So sullen and so low, so much resignation, so much refusal and so much place for a lower and an upper, so much and yet more silence, why is not sleeping a feat why is it not and when is there some discharge when. There never is.*

*If comparing a piece that is a size that is recognised as not a size but a piece, comparing a piece with what is not recognised but what is used as it is held by holding, comparing these two comes to be repeated. Suppose they are put together, suppose that there is an interruption, supposing that beginning again they are not changed as to position, suppose all this and suppose that any five two of whom are not separating suppose that the five are not consumed. Is there an exchange, is there a resemblance to the sky*

Espavorir um marido esfomeado não é desagradável. A razão pela qual nada está escondido é que não há sugestão de silêncio. Nenhuma canção chateia. Uma lição é de importância.

Cego e fraco e organizado e preocupado e noivo e resumido e também convidado para um jejum e sempre convidado a considerar e nunca espavorido e nem um pouco inchado, isso que não é mais raro que frequentemente não é tão surpreendente quando escovar o cabelo é adicionado. Há quietude, certamente há.

Nenhum óculos é podre, nenhuma janela é inútil e ainda assim se o ar não vier há um discurso pronto, sempre há e não há imprecisão, nem um pouquinho.

Desde sempre a tendência em deplorar a ausência do mais não foi autorizada. Isso significa que com a queima há aquele estado agradável de estupefação. Então há um modo de ganhar a vida. Quem é um homem.

Um silêncio não é indicado por qualquer movimento, menos é indicado por um movimento, mais não é indicado ele é encantado. Tão taciturno e tão baixo, tanta resignação, tanta recusa e tanto mais espaço para um mais baixo e um mais alto, tanto e ainda assim mais silêncio, por que não dormir é um feito por que não é e quando há algum alívio quando. Nunca há.

Se comparar um cômodo que é de um tamanho que não é reconhecido como um tamanho mas como um cômodo, comparar uma peça com aquilo que não é reconhecido mas que é usado enquanto é segurado segurando, comparando esses dois chega a ser repetido. Supondo que são postos juntos, supondo que há uma interrupção, supondo que começar de novo eles não são mudados quanto à posição, supondo isso tudo e supondo que qualquer cinco dois dos quais não estão separando supondo que os cinco não são consumidos. Há uma troca, há uma semelhança ao céu que é admitido estar lá e as estrelas que podem ser vistas. Há. Isso foi uma pergunta. Não havia certeza. Encaixar um erro

*which is admitted to be there and the stars which can be seen. Is there. That was a question. There was no certainty. Fitting a failing meant that any two were indifferent and yet they were all connecting that, they were all connecting that consideration. This did not determine rejoining a letter. This did not make letters smaller. It did.*

*The stamp that is not only torn but also fitting is not any symbol. It suggests nothing. A sack that has no opening suggests more and the loss is not commensurate. The season gliding and the torn hangings receiving mending all this shows an example, it shows the force of sacrifice and likeness and disaster and a reason.*

*The time when there is not the question is only seen when there is a shower. Any little thing is water.*

*There was a whole collection made. A damp cloth, an oyster, a single mirror, a manikin, a student, a silent star, a single spark, a little movement and the bed is made. This shows the disorder, it does, it shows more likeness than anything else, it shows the single mind that directs an apple. All the coats have a different shape, that does not mean that they differ in color, it means a union between use and exercise and a horse.*

*A plain hill, one is not that which is not white and red and green, a plain hill makes no sunshine, it shows that without a disturber. So the shape is there and the color and the outline and the miserable center, it is not very likely that there is a center, a hill is a hill and no hill is contained in a pink tender descender.*

*A can containing a curtain is a solid sentimental usage. The trouble in both eyes does not come from the same symmetrical carpet, it comes from there being no more disturbance than in little paper. This does show the teeth, it shows color.*

*A measure is that which put up so that it shows the length has a steel construction. Tidiness is not delicacy, it does not destroy the whole piece, certainly not it has been measured and nothing*

significava que quaisquer dois eram indiferentes e ainda assim eles estavam todos conectando isso, eles todos conectavam essa consideração. Isso não determinou voltar a uma carta. Isso não fez qualquer carta menor. Isso fez.

O selo que não está só rasgado mas também encaixado não é nenhum signo. Ele não sugere nada. Um saco sem abertura sugere mais e a perda não é proporcional. A estação deslizando e os enfeites rasgados recebendo remendos tudo isso mostra um exemplo, mostra a força de sacrifício e semelhança e desastre e uma razão.

O tempo em que não há dúvida só é visto quando há um mostrador. Qualquer coisinha é água.

Houve toda uma coleção feita. Um pano úmido, uma ostra, um só espelho, um manequim, um estudante, uma estrela silenciosa, uma só faísca, um pequeno movimento e a cama está feita. Isso mostra desordem, mostra, isso mostra mais semelhança que qualquer outra coisa, isso mostra a mente única que dirige uma maçã. Todos os casacos tem um formato diferente, isso não quer dizer que eles diferem em cor, isso significa uma união entre uso e exercício e um cavalo.

Um monte plano, algum não é aquele que não é branco e vermelho e verde, um monte plano não faz luz do sol, ele mostra isso sem um agitador. Então o formato está lá e a cor e o perfil e o centro miserável, não é muito provável que haja um centro, um monte é um monte e nenhum monte é contido em um descendente rosa e tenro.

Um pacote contendo uma cortina é um uso sólido e sentimental. O problema nos dois olhos não vem do mesmo carpete simétrico, vem de não haver distúrbio maior que um papelzinho. Isso mostra dentes, isso mostra cor.

Uma medida é aquilo que colocado de modo a mostrar o comprimento tem uma construção de aço. Asseio não é delicadeza, ele não destrói a peça inteira, certamente não ele foi

*has been cut off and even if that has been lost there is a name, no name is signed and left over, not any space is fitted so that moving about is plentiful. Why is there so much resignation in a package, why is there rain, all the same the chance has come, there is no bell to ring.*

*A package and a filter and even a funnel, all this together makes a scene and supposing the question arises is hair curly, is it dark and dusty, supposing that question arises, is brushing necessary, is it, the whole special suddenness commences then, there is no delusion.*

*A cape is a cover, a cape is not a cover in summer, a cape is a cover and the regulation is that there is no such weather. A cape is not always a cover, a cape is not a cover when there is another, there is always something in that thing in establishing a disposition to put wetting where it will not do more harm. There is always that disposition and in a way there is some use in not mentioning changing and in establishing the temperature, there is some use in it as establishing all that lives dimmer freer and there is no dinner in the middle of everything. There is no such thing.*

*Why is a pale white not paler than blue, why is a connection made by a stove, why is the example which is mentioned not shown to be the same, why is there no adjustment between the place and the separate attention. Why is there a choice in gamboling. Why is there no necessary dull stable, why is there a single piece of any color, why is there that sensible silence. Why is there the resistance in a mixture, why is there no poster, why is there that in the window, why is there no suggester, why is there no window, why is there no oyster closer. Why is there a circular diminisher, why is there a bather, why is there no scraper, why is there a dinner, why is there a bell ringer, why is there a duster, why is there a section of a similar resemblance, why is there that scissor.*

medido e nada foi cortado e mesmo se foi perdido há um nome, nenhum nome é assinado e deixado para trás, nenhum espaço é ajustado de modo que se mover seja abundante. Por que há tanta resignação em um pacote, por que há chuva, de toda forma a chance chegou, não há sino para tocar.

Um pacote e um filtro e até mesmo um funil, tudo isso junto faz uma cena e supondo que a dúvida surja é o cabelo em caracóis, é escuro e poento, supondo que a questão surja, é necessário pentear, é, toda a pressa especial começa então, não há ilusão.

Uma capa é um casacão, uma capa não é uma casacão no verão, uma capa é um casacão e o regulamento é que não haja tal estação. Uma capa nem sempre é um casacão, uma capa não é um casacão quando há outro, há sempre algo naquilo em estabelecer uma disposição de colocar umidade onde não fará mais estrago. Há sempre aquela disposição e de certa forma há algum uso em não mencionar mudança e em estabelecer a temperatura, há algum uso nisso de modo a estabelecer tudo que vive mais apagado e largado e não há ajantarado no meio de tudo. Não há nada assim.

Por que um branco lívido não é mais lívido que o azul, por que uma conexão é feita por um forno, por que o exemplo mencionado não é demonstrado ser o mesmo, por que não há ajuste entre o lugar e a atenção separada. Por que há uma escolha em dar cambalhotas. Por que não há estábulo maçante necessário, por que há só uma peça de cada cor, por que há esse silêncio sensível. Por que há resistência na mistura, por que não há cartaz, por que há aquilo na janela, por que não há opinador, por que não há janela, por que não há ostra mais perto. Por que há um diminuidor circular, por que há um banhista, por que não há raspador, por que há ceia, por que há um tocador de sino, por que há um espanador, por que há uma seção de semelhança semelhante, por que há essa tesoura.

*South, south which is a wind is not rain, does silence choke speech or does it not.*

*Lying in a conundrum, lying so makes the springs restless, lying so is a reduction, not lying so is arrangeable.*

*Releasing the oldest auction that is the pleasing some still renewing.*

*Giving it away, not giving it away, is there any difference. Giving it away. Not giving it away.*

*Almost very likely there is no seduction, almost very likely there is no stream, certainly very likely the height is penetrated, certainly certainly the target is cleaned. Come to sit, come to refuse, come to surround, come slowly and age is not lessening. The time which showed hat was when there was no eclipse. All the time that rerenting was removal all that time there was breath. No breath is shadowed, no breath is painstaking and yet certainly what could be the use of paper, paper shows no disorder, it shows no desertion.*

*Why is there a difference between one window and another, why is there a difference, because the curtain is shorter. There is no distaste in beefsteak or in plums or in gallons of milk water, there is no defiance in original piling up over a roof, there is no daylight in the evening, there is none there empty.*

*A tribune, a tribune does not mean paper, it means nothing more than cake, it means more sugar, it shows the state of lengthening any nose. The last spice is that which shows the whole evening spent in that sleep, it shows so that walking is an alleviation, and yet this astonishes everybody the distance is so sprightly. In all the time there are three days, those are not passed uselessly. Any little thing is a change that is if nothing is wasted in that cellar. All the rest of the chairs are established.*

*A success, a success is alright when there are there rooms and no vacancies, a success is alright when there is a package, success is*

Sul, sul que é um vento não é chuva, o silêncio sufoca o discurso ou não sufoca.

Mentir em um enigma, mentir assim faz a primavera irrequieta, mentir assim é uma redução, não mentir assim é arranjável.

Liberar o leilão mais antigo que é o agradar alguns ainda renovando.

Dando de graça, não dando de graça, há alguma diferença. Dando de graça. Não dando de graça.

Quase com certeza não há sedução, quase com certeza não há borbotão, certamente com certeza a altura é penetrada, certamente certamente o alvo é limpo. Venha sentar, venha recusar, venha cercar, venha devagar e idade não diminui. O momento que mostrou chapéu foi quando não havia eclipse. Todo o tempo aquele realugar era remoção todo o tempo havia fôlego. Nenhum assopro é sombreado, nenhum assopro é diligente e ainda assim o que certamente poderia ser o uso de papel, papel não mostra desordem, não mostra deserção.

Por que há uma diferença entre uma janela e outra, por que há uma diferença, porque a cortina é mais curta. Não há desgosto em bife ou em ameixas ou em galões de água de leite, não há desafio em  empilhar de modo original sobre um telhado, não há luz do dia de tarde, não há vazio lá.

Uma tribuna, uma tribuna não significa papel, não significa nada mais que bolo, significa mais açúcar, mostra o estado de alongar qualquer nariz. O último tempero é aquele que mostra a tarde toda gasta naquele sono, mostra de forma que andar é um alívio, e ainda assim isso espanta a todos a distância é tão alegre. Em todo tempo há três dias, estes não são gastos inutilmente. Qualquer coisinha é uma mudança isto é se nada é desperdiçado naquela adega. Todo o resto das cadeiras está estabelecido.

Um sucesso, um sucesso está certo quando há lá quartos e nenhuma vaga, um sucesso está certo quando há um pacote,

*alright anyway and any curtain is wholesale. A curtain diminishes and an ample space shows varnish.*

*One taste one tack, one taste one bottle, one taste one fish, one taste one barometer. This shows no distinguishing sign when there is a store.*

*Any smile is stern and any coat is a sample. Is there any use in changing more doors than there are committees. This question is so often asked that squares show that they are blotters. It is so very agreeable to hear a voice and to see all the signs of that expression.*

*Cadences, real cadences, real cadences and a quiet color. Careful and curved, cake and sober, all accounts and mixture, a guess at anything is righteous, should there be a call there would be a voice.*

*A line in life, a single line and a stairway, a rigid cook, no cook and no equator, all the same there is higher than that another evasion. Did that mean shame, it meant memory. Looking into a place that was hanging and was visible looking into this place and seeing a chair did that mean relief, it did, it certainly did not cause constipation and yet there is a melody that has white for a tune when there is straw color. This shows no face.*

*Star-light, what is star-light, star light is a little light that is not always mentioned with the sun, it is mentioned with the moon and the sun, it is mixed up with the rest of the time.*

*Why is the name changed. The name is changed because in the little space there is a tree, in some space there are no trees, in every space there is a hint of more, all this causes the decision.*

*Why is there education, there is education because the two tables which are folding are not tied together with a ribbon, string is used and string being used there is a necessity for another one and another one not being used to hearing shows no ordinary use of any evening and yet there is no disgrace in looking, none at all. This came to separate when there was simple selection of an entire preoccupation.*

sucesso está certo de qualquer forma e qualquer cortina será no atacado. Uma cortina diminui e um amplo espaço mostra verniz.

Um gosto uma tacha, um gosto um frasco, um gosto um peixe, um gosto um barômetro. Isso não mostra nenhum sinal distinto quando há uma loja.

Qualquer sorriso é severo e qualquer casaco é uma amostra. Há qualquer uso em mudar mais portas do que há comitês. Essa questão é tantas vezes perguntada que quadrados mostram que elas são borrões. É tão agradável escutar uma voz e ver todos os sinais dessa expressão.

Cadências, cadências reais, cadências reais e uma cor quieta. Cuidadoso e curvado, bolo e sóbrio, todas as contas e misturas, um palpite sobre qualquer coisa é certeiro, se houvesse uma ligação haveria uma voz.

Uma linha na vida, uma só linha e uma escadaria, um cozinheiro rígido, nenhum cozinheiro e nenhum equador, ainda assim há maior do que essa uma outra evasão. Isso queria dizer vergonha, queria dizer memória. Olhar um lugar que pendia e era visível olhar esse lugar e ver uma cadeira isso queria dizer alívio, dizia, certamente não causou constipação e ainda assim há uma melodia que tem branco como tom quando há cor palha. Isso não mostra rosto algum.

Luz estelar, o que é luz estelar, luz das estrelas é uma luzinha que não é sempre mencionada com o sol, é mencionada com a lua e o sol, é misturada com o resto do tempo.

Por que o nome é mudado. O nome é mudado porque no espacinho há uma árvore, em algum espaço não há árvores, em todo espaço há um indício de mais, tudo isso causa a decisão.

Por que há educação, há educação porque as duas mesas que estão dobrando não estão amarradas juntas com uma fita, corda é usada e com o uso da corda há a necessidade para outra e outra não ser usada para escutar shows nenhum uso comum de

*A curtain, a curtain which is fastened discloses mourning, this does not mean sparrows or elocution or ever a whole preparation, it means that there are ears and very often more much more altogether.*

*Climate, climate is not southern, a little glass, a bright winter, a strange supper an elastic tumbler, all this shows that the back is furnished and red which is red is a dark color. An example of this is fifteen years and a separation of regret.*

*China is not down when there are plates, lights are not ponderous and incalculable.*

*Currents, currents are not in the air and on the floor and in the door and behind it first. Currents do not show it plainer. This which is mastered has so thin a space to build it all that there is plenty of room and yet is it quarreling, it is not and the insistence is marked. A change is in a current and there is no habitable exercise.*

*A religion, almost a religion, any religion, a quintal in religion, a relying and a surface and a service in indecision and a creature and a question and a syllable in answer and more counting and no quarrel and a single scientific statement and no darkness and no question and an earned administration and a single set of sisters and an outline and no blisters and the section seeing yellow and the center having spelling and no solitude and no quaintness and yet solid quite so solid and the single surface centerd and the question in the placard and the singularity, is there a singularity, and the singularity, why is there a question and the singularity why is the surface outrageous, why is it beautiful why is it not when there is no doubt, why is anything vacant, why is not disturbing a center no virtue, why is it when it is and why is it when it is and is and there is no doubt, there is no doubt that the singularity shows.*

qualquer tarde e ainda assim não há desgraça em olhar, nenhuma mesmo. Isso separou quando havia uma simples seleção de uma preocupação inteira.

Uma cortina, uma cortina que foi fechada revela luto, isso não quer dizer pardais ou elocução ou sempre toda uma preparação, isso quer dizer que há orelhas e muitas vezes mais muito mais junto.

Clima, clima não é sulista, uma graminha, um inverno claro, um jantar estranho um copo elástico, tudo isso mostra que as as costas são decoradas e vermelho que é vermelho é uma cor escura. Um exemplo disso é quinze anos e uma separação de remorso.

Louça não cai quando há pratos, luzes não são pesadas e incalculáveis

Correntes, correntes não estão no ar e no piso e na porta e atrás dela primeiro. Correntes não o mostram diretamente. Isso que foi dominado tem um espaço tão fino para construir tudo que há bastante espaço e ainda assim há brigas, não há e a insistência é evidente. Uma troca está em uma corrente, e não há exercício habitável.

Uma religião, quase uma religião qualquer religião, um quinto de quilo em religião, um fiar-se e uma superfície e um serviço em indecisão e uma criatura e uma questão e uma sílaba em resposta e mais contagem e nenhuma briga e uma só declaração científica e nenhuma escuridão e nenhuma questão e uma administração ganha e um só par de irmãs e um perfil e nenhuma pereba a seção enxergando amarelo e o centro tendo soletrar e nenhum solidão e nenhuma excentricidade e ainda assim sólido assim bem sólido e a singela superfície centrada e a questão na placa e a excentricidade, há alguma excentricidade, e a excentricidade, por que há uma questão e a excentricidade por que a superfície é ultrajante, por que é bela, por que não é quando não há nenhuma dúvida, por que qualquer coisa está vaga, por que não perturbar um centro

*A climate, a single climate, all the time there is a single climate, any time there is a doubt, any time there is music that is to question more and more and there is no politeness, there is hardly any ordeal and certainly there is no table-cloth.*

*This is a sound and obligingness more obligingness leads to a harmony in hesitation.*

*A lake a single lake which is a pond and a little water any water which is an ant and no burning, not any burning, all this is sudden.*

*A canister that is the remains of furniture and a looking glass and a bed room and a larger size, all the stand is shouted and what is ancient is practical. Should the resemblance be so that any little cover is copied, should it be so that yards are measured, should it be so and there be a sin, should it be so then certainly a room is big enough when it is so empty and the corners are gathered together.*

*The change is mercenary that settles whitening the coloring and serving dishes where there is metal and making yellow any yellow every color in a shade which is expressed in a tray. This is a monster and awkward quite awkward and the little design which is flowered which is not strange and yet has visible writing, this is not shown all the time but at once, after that it rests where it is and where it is in place. No change is not needed. That does show design.*

*Excellent, more excellence is borrowing and slanting very slanting is light and secret and a recitation and emigration. Certainly shoals are shallow and nonsense more nonsense is sullen. Very little cake is water, very little cake has that escape.*

*Sugar any sugar, anger every anger, lover sermon lover, center no distractor, all order is in a measure.*

não é nenhuma virtude, por que é quando é e por que é quando é e é e não há dúvida, não há dúvida que a excentricidade aparece.

Um clima, um só clima, toda hora há um só clima, em qualquer hora há uma dúvida, em qualquer hora há música isto é para questionar mais e mais e não há polidez, quase não há aflição e certamente não há toalha de mesa.

Isso é um som e ceder ceder mais leva à harmonia em hesitação.

Um lago um só lago que é uma lagoa e um pouco de água qualquer água que é uma formiga e sem queimar, sem queimar nada, tudo subitamente.

Uma vasilha ou seja o que resta dos móveis e um espelho e um dormitório e um tamanho maior, toda a bancada é gritada e o que é antigo é prático. Deveria a semelhança ser tamanha que qualquer capa é copiada, deveria ser de forma que jardas são medidas, deveria ser assim e haver uma sina, deveria ser assim então certamente um quarto é grande o bastante quando está tão vazio e os cantos estão empilhados juntos.

A mudança é mercenária que resolve embranquecer a coloração e servir pratos onde há metal e fazer amarelo qualquer amarelo todas as cores em uma sombra que é expressa em uma travessa. Isso é um monstro e desastrado bem desastrado e o pequeno desenho que é florido que não é estranho e ainda há escrita visível, isso não é mostrado todo o tempo mas de uma vez, depois disso ele resiste onde está e onde está no lugar. Nenhuma mudança é não necessária. Isso mostra design.

Excelente, mais excelência é emprestar e inclinar bem inclinada é leve e secreta e uma declamação e emigração. Certamente pás são rasas e besteira mais besteira é inchada. Muito pouco bolo é água, muito pouco bolo tem esse escape.

Açúcar qualquer açúcar, raiva toda raiva, amante sermão amante, não centre nenhum distrator, toda ordem é em uma medida.

*Left over to be a lamp light, left over in victory, left over in saving, all this and negligence and bent wood and more even much more is not so exact as a pen and a turtle and even, certainly, and even a piece of the same experience as more.*

*To consider a lecture, to consider it well is so anxious and so much a charity and really supposing there is grain and if a stubble every stubble is urgent, will there not be a chance of legality. The sound is sickened and the price is purchased and golden what is golden, a clergyman, a single tax, a currency and an inner chamber.*

*Checking an emigration, checking it by smiling and certainly by the same satisfactory stretch of hands that have more use for it than nothing, and mildly not mildly a correction, not mildly even a circumstance and a sweetness and a serenity. Powder, that has no color, if it did have would it be white.*

*A whole soldier any whole soldier has no more detail than any case of measles.*

*A bridge a very small bridge in a location and thunder, any thunder, this is the capture of reversible sizing and more indeed more can be cautious. This which makes monotony careless makes it likely that there is an exchange in principle and more than that, change in organisation.*

*This cloud does change with the movements of the moon and the narrow the quite narrow suggestion of the building. It does and then when it is settled and no sounds differ then comes the moment when cheerfulness is so assured that there is an occasion.*

*A plain lap, any plain lap shows that sign, it shows that there is not so much extension as there would be if there were more choice in everything. And why complain of more, why complain of very much more. Why complain at all when it is all arranged*

Largada para ser uma lâmpada, largada em vitória, largada em salvar, tudo isso e negligência e uma madeira dobrada e mais ainda muito mais não é tão exato quanto uma caneta e uma tartaruga e até, certamente, e até um pedaço das mesma experiência como mais.

Considerar uma palestra, considerar ela bem é tão ansioso e tanto mais uma caridade e realmente supondo que há grãos e se um restolho todo restolho é urgente, não haverá uma chance de legalidade. A entonação é enjoada e o preço é comparado e dourado o que é dourado, um clérigo, uma só taxa, uma moeda e uma câmara interna.

Checando uma emigração, checando-a sorrindo e certamente pela mesma esticada satisfatória de mãos que é mais útil para isso que qualquer coisa, e suavemente não suavemente uma correção, não suavemente até mesmo uma circunstância e uma doçura e uma serenidade. Pó, que não tem cor, se ele tivesse seria ela branca.

Um soldado todo um soldado todo qualquer não tem mais destacamento que um caso de sarampo.

Uma ponte uma pequenina ponte em qualquer lugar e trovão qualquer trovão, essa é a captura de um tamanho reversível e mais de fato mais pode ser cauteloso. Isso que torna monotonia descuidada torna mais provável que há uma troca em princípio e mais que isso, mudança na organização.

Essa nuvem muda com os movimentos da lua e da estreita da bem estreita sugestão do prédio. Ela muda e então quando é assentada e nenhum som difere então vem o momento quando a alegria é tão assegurada que há uma ocasião.

Um colo comum, qualquer colo comum mostra esse sinal, mostra que não há tanta extensão como teria se houvesse mais escolha em tudo. E por que reclamar de mais, por que reclamar de muito mais. Por que reclamar ao todo quando tudo está arranjado de modo que como não há mais oportunidade e mais

*that as there is no more opportunity and no more appeal and not even any more clinching that certainly now some time has come.*

*A window has another spelling, it has f all together, it lacks no more then and this is rain, this may even be something else, at any rate there is no dedication in splendor. There is a turn of the stranger.*

*Catholic to be turned is to venture on youth and a section of debate, it even means that no class where each one over fifty is regular is so stationary that there are invitations.*

*A curving example makes righteous finger nails. This is the only object in secretion and speech.*

*To begin the same four are no more than were taller. The rest had a big chair and a surveyance a cold accumulation of nausea, and even more than that, they had a disappointment.*

*Nothing aiming is a flower, if flowers are abundant then they are lilac, if they are not they are white in the center.*

*Dance a clean dream and an extravagant turn up, secure the steady rights and translate more than translate the authority, show the choice and make no more mistakes than yesterday.*

*This means clearness, it means a regular notion of exercise, it means more than that, it means liking counting, it means more than that, it does not mean exchanging a line.*

*Why is there more craving than there is in a mountain. This does not seem strange to one, it does not seem strange to an echo and more surely is in there not being a habit. Why is there so much useless suffering. Why is there.*

*Any wet weather means an open window, what is attaching eating, anything that is violent and cooking and shows weather is the same in the end and why is there more use in something than in all that.*

nenhum apelo e nem mesmo qualquer conquista a mais que agora certamente algum tempo passou.

Uma janela tem outra ortografia, ela tem f como um todo, a ela não falta mais nada então e isso é chuva, isso pode até ser outra coisa, de qualquer forma não há dedicação em esplendor. Tem um volteio do estranho.

Católico para se voltar é se aventurar em juventude e uma seção de debate, isso significa até que nenhuma classe onde cada um acima de cinquenta é frequente é tão estacionária que haja convites.

Um exemplo curvo torna as unhas justas. Esse é o único objeto em secreção e discurso.

Para começar os mesmo quatro não são mais do que eram altos. O resto tinha uma grande cadeira e uma vigilância uma gélida acumulação de náusea, e até mais que isso, eles tinham uma decepção.

Nada mirando é uma flor, se flores são abundantes então elas são lilases, se não então são brancas no centro.

Dance um sonho asseado e uma volta extravagante, assegure os direitos estáveis e traduza mais que traduzir a autoridade, mostre a escolha e não faça mais erros que ontem.

Isso quer dizer clareza, isso quer dizer uma noção constante de exercício, isso quer dizer mais que isso, isso quer dizer gostar de contar, isso quer dizer mais que isso, isso não quer dizer trocar uma linha.

Por que há mais desejo do que há em uma montanha. Isso não soa estranho para alguém, isso não soa estranho para um eco e mais certamente é em não haver um hábito. Por que há tanto sofrimento inútil. Por que há.

Qualquer clima chuvoso significa uma janela aberta, o que é comer anexado, qualquer coisa que é violenta e cozinhando e mostrando clima é a mesma no fim e por que há mais uso em algo que nisso tudo.

*The cases are made and books, back books are used to secure tears and church. They are even used to exchange black slippers. They can not be mended with wax. They show no need of any such occasion.*

*A willow and no window, a wide place stranger, a wideness makes an active center.*

*The sight of no pussy cat is so different that a tobacco zone is white and cream.*

*A lilac, all a lilac and no mention of butter, not even bread and butter, no butter and no occasion, not even a silent resemblance, not more care than just enough haughty.*

*A safe weight is that which when it pleases is hanging. A safer weight is one more naughty in a spectacle. The best game is that which is shiny and scratching. Please a pease and a cracker and a wretched use of summer.*

*Surprise, the only surprise has no occasion. It is an ingredient and the section the whole section is one season.*

*A pecking which is petting and no worse than in the same morning is not the only way to be continuous often.*

*A light in the moon the only light is on Sunday. What was the sensible decision. The sensible decision was that notwithstanding many declarations and more music, not even notwithstanding the choice and a torch and a collection, notwithstanding the celebrating hat and a vacation and even more noise than cutting, notwithstanding Europe and Asia and being overbearing, not even notwithstanding an elephant and a strict occasion, notwithstanding more cultivation and some seasoning, not even with not drowning and with the ocean being encircling, not even with more likeness and any cloud, not even with terrific sacrifice of pedestrianism and a special resolution, not even more likely to be pleasing. The care with which the rain is wrong and the green is wrong and the*

As malas estão feitas e tomos, tomos de trás são usados para assegurar lágrimas e igreja. Eles são usados até mesmo para trocar pantufas pretas. Eles não podem ser emendados com cera. Eles não mostram necessidade de uma ocasião assim.

Um jatobá e nenhuma janela, um lugar largo mais estranho, uma largura faz um centro ativo.

A vista de nenhum gatinho é tão diferente que uma zona de tabaco é branco e creme.

Um lilás, todo um lilás e nenhuma menção de manteiga, nem mesmo pão e manteiga, nenhuma manteiga e nenhuma ocasião, nem mesmo uma semelhança silenciosa, não mais cuidado que apenas suficientemente arrogante.

Um peso seguro é aquilo que quando agrada está pendurado. Um peso mais seguro é um mais malcriado em um espetáculo. O melhor jogo é aquele que é áureo e arranhando. Por favor uma ervilha e uma bolacha e um péssimo uso do verão.

Surpresa, a única surpresa não tem ocasião. É um ingrediente e a seção a seção toda é uma estação.

Uma picada que é polida e nada pior que na mesma manhã não é o único modo de ser continuamente frequente.

Uma luz na lua a única luz é no domingo solar. Qual era a decisão sensata. A decisão sensata era que a despeito de várias declarações e mais música, nem mesmo a despeito da escolha e uma tocha e uma coleção, e a despeito do chapéu de festa e umas férias e mesmo mais barulho que cortar, a despeito da Europa e Ásia e ser arrogante, nem mesmo a despeito de um elefante e uma ocasião estrita, nem mesmo a despeito mais cultivo e algum tempero, nem mesmo sem afogamento e com o oceano sendo envolvente, nem mesmo com mais semelhança e qualquer nuvem, nem mesmo com o sacrifício terrível de pedestrianismo e uma

*white is wrong, the care with which there is a chair and plenty of breathing. The care with which there is incredible justice and likeness, all this makes a magnificent asparagus and also a fountain.*

resolução especial, nem mesmo mais provável de ser agradável. O cuidado com o qual a chuva é errada e o verde é errado e o branco é errado, o cuidado com que há uma cadeira e muita respiração. O cuidado com o qual há uma justiça incrível e semelhança, tudo isso faz um aspargo magnífico e também uma fonte.

# A DIFERENÇA ESTÁ SE ESPALHANDO

Gertrude Stein e sua obra são ao mesmo tempo o retrato e o negativo das vanguardas do começo do século XX. Sem ter feito parte de qualquer escola, ela influenciou de forma decisiva o cubismo, o Dada, e o surrealismo. Americana, ditou as tendências (*starter of crazes*) da arte europeia por trinta anos. Colecionadora, tornou-se o centro gravitacional de uma Paris entreguerras, a qual, por definição, não tinha centro. Escritora radical, foi lida e relida por admiradores e detratores, teve peças experimentais publicadas em revistas de grande circulação e esnobou o status de *bestsellers* que suas *Autobiografias* adquiririam. Judia e lésbica, apoiou o regime fascista de Pétain na França durante a ocupação nazista, e foi admiradora confessa do General Franco. Genial, nunca escreveu uma obra-prima.

A tensão entre a mais absoluta marginalidade da sua escrita e a centralidade de sua figura parece colocar Stein em uma posição desconfortável, tanto para leitores como para a crítica, sendo impossível ignorá-la. Tampouco parece possível domesticá-la; é infactível ler sua oba a partir de esquemas interpretativos que a joguem em uma tendência ou noutra. A extrema lucidez com que empregava os materiais verbais à sua disposição nos impede de posicioná-la ao lado de André Breton e dos demais entusiastas da escrita automática; e os textos repetitivos, ilógicos e caóticos de sua produção mais radical tampouco parecem nos indicar um caminho em comum com a ala apolínea da poesia moderna. Resta a tautologia (criada por ela mesma, recriada por Augusto de Campos): Gertrude é uma Gertrude.

O que podemos ver com clareza, no entanto, é a influência que sua poética teve em artistas e pensadores posteriores, de John Cage aos poetas concretos, dos *L.A.N.G.U.A.G.E. poets* a Marjorie Perloff, de Kenneth Goldsmith a Andy Warhol. O primeiro contato que tive com Gertrude foi por vias absolutamente indiretas: pelo livro *Botões* (Corsário-Satã, 2018), da poeta Jeanne Callegari, que se apropria de técnicas composicionais steinianas na feitura de seus poemas. Só na poesia brasileira contemporânea, podemos ver ecos de sua poesia também em Angélica Freitas , Maíra Mendes Galvão e Marília Garcia. E, ainda assim, a principal influência de Stein na cultura contemporânea parece se manifestar de forma anônima, ainda que central, e não necessariamente no campo da poesia: seria difícil imaginar, por exemplo, a abrangência da cultura *sample* sem o desenvolvimento dessa quebra radical da unidade da obra que é a *colagem*, procedimento que Stein utilizou e ajudou a desenvolver, junto aos cubistas, entre as décadas de 1900 e 1920.

A tradução de *Tender buttons*, livro originalmente publicado em 1914, tem por objetivo tornar um pouco mais conhecida no Brasil a produção mais radical da autora, e que, acredito, tenha tido mais impacto em nossa cultura do que, mais uma vez nas palavras de Augusto de Campos, a "fofoca experimental" das *Autobiografias*, normalmente a maior referência da sua obra entre leitores brasileiros.

Escritos entre 1912 e 1913, os poemas de *Tender buttons* trazem títulos que contêm objetos cotidianos: garrafas, pratos, chapéus, um guarda-chuva. O que lemos, no entanto, são textos no limiar do inteligível, e que, na maioria dos casos, parecem não guardar qualquer conexão semântica com os objetos titulares. Compostos simultaneamente ao desenvolvimento do cubismo – e muitas vezes considerados seus produtos literários diretos –, nesses textos vemos uma preocupação composicional de Stein que é próxima àquela de artistas como Picasso e Braque, com

os quais, inclusive, teve uma troca profícua e bem documentada (ver *Picasso*, da autora, e as *Autobiografias* já mencionadas): a de operar uma decomposição figurativa dos objetos a ponto de torná-los quase irreconhecíveis. No caso de Stein, isso é feito de forma ainda mais radical por gerar um estranhamento linguístico, não visual, que nos exige uma reflexão sobre as maneiras pelas quais a linguagem verbal, esse metacódigo, se presta a representar o mundo.

Essa demolição linguística alargou radicalmente os limites da poesia na modernidade, talvez ficando atrás, em termos de abandono do imediatamente representativo, apenas de Kurt Schwitters com suas *Ursonate*. Todavia, seu modo de destruir sistematicamente qualquer traço de discurso estruturado é mais impressionante em virtude de Stein jamais renunciar à *palavra* enquanto princípio constitutivo da arte poética: sua distorção não é do *léxico* (seja na criação de palavras novas, grande reparo que fazia ao contemporâneo Joyce; seja na busca por sons primais e primários, como é o caso de Schwitters e dos demais Dada, assim como dos russos da linguagem *Zaum*); mas, antes, da *sintaxe*. As palavras que lemos em *Tender buttons* são relativamente simples e cotidianas; é a maneira pela qual estão dispostas que nos desconcerta. Uma mudança, portanto, sintagmática, não paradigmática, naquilo que Haroldo de Campos chamou de uma *escrita metonímica*, geradora de um *estilo cubista* (que também vê no Oswald de *Miramar*): "O *estilo cubista* pode ser então definido como um *estilo digital*: o objeto estético é, em tal caso, em princípio, um objeto variável, cujos elementos se prestariam sempre a uma outra apresentação, a um outro arranjo." (CAMPOS, 2017, p. 101).

É interessante anotar ainda que os poemas foram escritos após uma viagem que Gertrude faz com sua companheira Alice B. Toklas à Espanha, cujas paisagens a influenciaram na redação desses textos: a disposição dos elementos na paisagem produziu

um profundo impacto em sua imaginação criativa. Imaginação, diga-se de passagem, que Gertrude insistiu continuamente ser antes visual do que verbal, o que explica porque muitas de suas peças poéticas sejam chamadas de retratos e de paisagens. Nessa linha, os poemas de *Tender buttons* poderiam ser considerados uma série de naturezas-mortas.

De forma que, ainda que a ideia de uma "poesia cubista" seja problemática, principalmente pela subordinação implícita que o termo faz da poesia steiniana à escola visual, ela é útil na medida em que Haroldo fala de elementos que se prestariam "a um outro arranjo" em situações normais de representação linguística. O que há, em verdade, é um *rearranjo* dos termos linguísticos, o que implica não uma total desconexão entre o texto e o objeto titular, mas uma relação de distorção na sua descrição, de *reelaboração* daquilo que determinado nome significa. Assim como uma garrafa de Picasso é feita de formas geométricas rearranjadas, a garrafa de Stein é composta por palavras dispostas de uma forma inusual. Mas que formam, ao fim, uma garrafa:

> "Um como copo em vidro e um primo, uma lente e nada de estranho uma só cor ferida e arranjo em um sistema para apontar. Tudo isso e não ordinário, não desordenado em não parecer. A diferença está se espalhando."

Não só as referências a objetos de vidro, alguns semanticamente próximos da garrafa, como o copo, nos remetem a esse objeto, mas uma construção como "cor ferida" nos remete à maneira pela qual a translucidez do vidro distorce a luz que atravessa o seu conteúdo – imagem que não por acaso abre o livro: a luz distorcida que atravessa a garrafa traça um paralelo com a suspeita que Stein coloca em relação à capacidade das palavras de representarem aquilo que nomeiam; a representação steiniana nunca é estável. A escolha da palavra "arranjo"

também não parece acidental, e nos remete diretamente a outra utilização da garrafa: guardar um arranjo floral (*flower arrangement*). "Apontar" parece nos remeter à natureza verticalizada da garrafa, e não podemos deixar de ver em "se espalhando" um "se derramando" que se insinua sem aparecer. Stein compõe uma garrafa que simultaneamente guarda líquidos, flores, está vazia, está de pé e é derrubada.

Essa manutenção de uma conexão entre objeto e descrição é um elemento-chave para entender o desconforto que a leitura dos poemas causa: a impossibilidade de nos contentarmos com a falta de significado dos textos exige do leitor uma postura de confronto direto com sua dificuldade. Referencialidade esta que é abandonada em obras posteriores da autora, como *Stanzas in Meditation*, mas que em *Tender buttons* ainda pode ser percebida como um possível fio a guiar (e desafiar) a leitura.

A sequência ininterrupta de descrições também nos remete a uma espécie de dicionário ou enciclopédia, em que objetos bem conhecidos são deformados a ponto de perdermos a certeza quanto ao nosso conhecimento deles. Uma espécie na verdade de *antidicionário*, cuja função metalinguística não nos assegura nem nos explica, mas nos desestabiliza e nos confunde. O contraste com a "*encyclopédie de la bêtise*" do Flaubert de *Bouvard e Pécuchet* se impõe.

No processo de tradução, a primeira dificuldade que se impôs foi exatamente a de resistir tornar *coerente*, na transposição, aquilo que no original é construído para ser tortuoso. Perigo que mostra sua outra face diante de hipótese igualmente perigosa de que a mera transposição linguística, sem qualquer forma de leitura interpretativa organizadora, produzisse um texto que não fosse o *rearranjo dos termos*, mas seu arremesso inconsequente.

A primeira decisão, então, foi a de tentar buscar, na tradução, uma lógica organizadora que não fosse a semântica, ou ao

menos que não se apoiasse, majoritariamente, nela. A assunção de que a disposição das palavras obedecia a critérios *gráficos* e *sonoros* pareceu surgir de imediato: tanto a diagramação do livro original, com blocos textuais maciços encimados por títulos curtos, em versaletes, como o ritmo e a prosódia peculiares dos poemas pareceram favorecer essa leitura. O poema "Uma caixa." (o primeiro, de dois que são intitulados assim) é especialmente representativo dessa lógica: as palavras, no original, parecem estar dispostas de forma a produzir uma aliteração obsessiva das letras "r", "s" e "n", sem obedecer propriamente à lógica de composição de uma sentença sintaticamente estruturada.

Me agarrei à profusão de rimas toantes e soantes, aliterações, assonâncias e paronomásias que aparecem nos poemas, tentando encontrar construções, se não equivalentes, próximas o bastante em português, a ponto de gerar uma prosódia marcada, que causasse estranhamento no leitor. No poema mencionado no parágrafo anterior, por exemplo, a solução foi encontrada na criação de aliterações em "r", "s", "d" e "n", além de assonâncias em "e" e "o", que se mostraram viáveis em português. O resultado foi não apenas a manutenção do estranhamento na prosódia, mas também, no esforço de encontrar as palavras que formariam essa sonoridade estridente, a criação de uma sintaxe tortuosa que retomava o estranhamento do original.

Fui obrigado, no entanto, a descartar uma preocupação mais próxima em relação ao ritmo: Stein é famosa por valorizar a quantidade de palavras monossílabas na língua inglesa, e a produção do efeito visual e sonoro que esse monossilabismo gera nos textos anglófonos. Uma batalha já perdida, em português, com sua quantidade limitadíssima de monossílabos. Fui obrigado a tentar introduzir o maior número possível de palavras bi, tri e tetrassílabas, mas definitivamente algo se perde do ritmo do original.

Dessa prioridade à prosódia, os caminhos para entender a sintaxe implodida de Stein se esclareceram quase que naturalmente, e permitiram sua recriação criativa (CAMPOS, 2010) em português. A leitura sonora e rítmica do livro, inspirada pela maneira pela qual Meschonnic (2010) entende o ritmo como elemento organizativo fundante do processo semiótico em poesia, ainda que não tenha sido exatamente explicativa em relação aos caminhos pelos quais os poemas chegam à figuração dos objetos, mostrou-se ferramenta muito eficaz no descortinar do modo pelo qual os textos são *compostos*: antes como arranjos gráfico-sonoros que se sobrepõe e se interrelacionam do que como significantes linguísticos. Comparáveis, então, ao modo pelo qual, na sobreposição de cores em um quadro, produz-se um pigmento que se distingue das cores que o formaram, ao mesmo tempo em que permite discernir a aparência original das cores primárias. Ou como a execução simultânea de notas em uma música produz uma harmonia ao mesmo tempo em que é prenhe de uma dissonância.

Ainda, é preciso pensar como, nesses dois exemplos, a sobreposição de cores e a execução simultânea das notas não são, elas mesmas, a obra, mas sua composição. Stein, neste livro, parece operar um jogo de ilusão ótica: o leitor fica tão desestabilizado pela sua sintaxe radical, tentando destrinchar palavra a palavra o modo pelo qual cada termo se encadeia em um todo coerente, que se perde em meandros que não são, eles mesmos, o poema, produto da interação entre esses elementos, arranjados de maneira tão estranha. Quase como ser incapaz de observar um quadro de Picasso senão pelo exame minucioso de cada forma geométrica que o compõe.

Outro recurso que surge incessantemente na poesia steiniana, ajudando a tornar mais movediço ainda o campo do significado de seus textos, é a presença de trocadilhos, que neste livro são tão pontuais quanto poderosos. Em alguns casos, como em

"Cacau e sopa rala e laranjas e aveia", o trocadilho chega a tomar a frente do texto de forma ostensiva, com uma repetição de um "no since" que, aparentemente, serve apenas para nos levar ao foneticamente próximo "nonsense" (em uma espécie de assunção cômica que Stein faz do próprio papel de "poeta que não escreve nada com nada"). Neste caso, optei por um "não censo" que, igualmente amalucado no contexto do poema, cumpre a mesma função que o original.

Casos mais delicados exigiram um compromisso com a poética steiniana que foi mais difícil de aceitar, mas ao qual me dobrei. Destes, o mais significativo aparece no primeiro poema do livro "Uma garrafa, isto é um vidro cego", em que o termo "*spectacle*", no original, remete tanto a óculos de grau quanto a um espetáculo. Em versão anterior destas traduções, publicada pela Galileu Edições (*10 botões*, 2021), optei pela palavra-valise "espetóculo", que pareceu naquela ocasião dar conta de ambos os termos simultaneamente. Soluções parecidas haviam sido utilizadas em alguns outros termos pontuais do livro, mas foram abandonadas em prol da obediência à máxima steiniana de *não inventar palavras*: "Ela tentou um pouco inventar palavras, mas logo desistiu. A língua inglesa era o seu instrumento e com a língua inglesa a tarefa tinha de ser cumprida, o problema solucionado. O uso de palavras fabricadas a ofendia, era uma fuga para um emocionalismo imitativo." (STEIN, 2009, p. 176). De modo que "*spectacle*", nesta versão, se contentou em ser "lente".

Por fim, a última decisão que acredito ser pertinente compartilhar é a completa ausência, no livro, de pontos de interrogação, opção que Stein faz em quase toda sua obra, sustentada pela firme crença de que a construção da frase já indica se ela se trata ou não de uma pergunta, o que tornaria essa forma de pontuação dispensável. Em inglês essa idiossincrasia parece mais funcional pela diferença fundamental que há entre *why* e *because*, sem falar na inversão dos termos da oração que por si só já indicam

uma pergunta. Em português, os quatro "porquês" dificultam essa operação, e chegam até (talvez para o benefício do texto traduzido) a aumentar o estranhamento na leitura. A solução encontrada foi, além de usar "por que" e "por quê" nas frases, a introdução de termos que, em português, costumam indicar questionamento e incerteza, como "será", "mesmo" e "não é".

Todas essas explicações sobre o projeto poético de *Tender buttons* e sobre seu processo tradutório naturalmente não chegam a fincar um dente sequer na experiência implosiva que é a leitura desses poemas, verdadeiro curto-circuito no sistema nervoso central da verbalidade logocêntrica. Espero que sejam, no entanto, justificativas convincentes o suficiente para que sejam perdoadas as limitações de uma tradução que, como qualquer outra, já nasceu inadequada; mas que, na sua inadequação, permite ao menos vislumbrar as rachaduras que conectam o nosso mundo à poética steiniana, e vice e versa.

Gostaria de agradecer à Maria Luiza Telio de Oliveira Bastos, minha Malu, pela eterna disposição e paciência em discutir textos malucos, apenas para me ouvir emendar ao final "mas, claro, pode ser uma coisa completamente diferente"; ao Marcelo Lotufo, pela leitura crítica das traduções e por acreditar na importância de costurar esses estranhos botões na malha de textos que compõe o repertório brasileiro nessa segunda década do XXI; à Galileu Edições, por ter dado a primeira oportunidade destas traduções correrem mundo; ao Lucas e ao André, por odiarem profundamente poesia; aos tradutores de Stein no Brasil que me precederam (Mário Faustino, Augusto de Campos, Décio Pignatari, Caetano Veloso, Waly Salomão, Suzana de Moraes, José Paulo Paes, Brenno Silveira, Luci Collin, Marília Garcia, Valeska de Aguirre, Paulo Henriques Britto, Inês Cardoso Martins Moreira, Andrea Matheus, Júlio Castañon Guimarães, José Rubens Cerqueira, Luís Protásio, Dirce Waltrick do Amarante, Milton Persson, Vanessa Barbara, José Simão, Sônia Coutinho,

Fábio Fonseca de Melo, Priscila Catão, Camila Assad, Cesare Rodrigues e Verônica Ramalho); e à Catu, ao Gonzaga, ao Tom, ao Zeca e ao Bento, por jamais me deixarem trabalhar em silêncio.

A DIFERENÇA ESTÁ SE ESPALHANDO

Arthur Lungov

07/2022

## Bibliografia


ABREU, Andreia Manuela Passos de. *Gertrude Stein e o Cubismo Literário*. Dissertação de Mestrado – Universidade Aberta, Porto. Portugal, 2008.

AGUIAR, Daniela. (org.) COLLIN, Luci. (org.) QUEIROZ, João (org.) *Ao vires isto*: Gertrude Stein, tradução e intermidialidade. Cotia: Ateliê Editorial, 2018.

CAMPOS, Augusto de. *O anticrítico*. São Paulo: Companhia das Letras, 2020.

CAMPOS, Haroldo de. *A arte no horizonte do provável*. São Paulo: Perspectiva, 2010.

________. *Metalinguagem & outras metas*. São Paulo, Perspectiva, 2017.

MESCHONNIC, Henri. *A poética da tradução*. São Paulo: Perspectiva, 2010.

STEIN, Gertrude. *Autobiografia de Alice B. Toklas*. São Paulo: Cosac Naify, 2009.

________. *Picasso*. Belo Horizonte: Âyné, 2020.

________. *Tender buttons*: The corrected centennial edition. São Francisco/EUA: City Lights Book, 2014.

# ÍNDICE

## OBJECTS | OBJETOS

## FOOD | COMIDA

## ROOMS | QUARTOS



## POSFÁCIO

*Arthur Lungov* (1996) é poeta e tradutor, autor do livro *Corpos* (Quelônio, 2019), que foi contemplado pelo 2° Edital de Publicação de Livros da Cidade de São Paulo; e da plaquete *Anticanções* (Sebastião Grifo, 2019). Seu livro *re-Caramuru* (inédito) recebeu menção honrosa no Projeto Nascente USP 2021. Teve obras escolhidas para a Iª Mostra Virtual de Poesia Visual, promovida pela Fundação Poiesis. Como tradutor, publicou a plaquete *Dez botões* (Galileu Edições, 2021), com traduções de Gertrude Stein. Teve poemas e resenhas publicadas em coletâneas, revistas e suplementos literários. Foi um dos fundadores da revista Lavoura.

*Gertrude Stein* (1874 – 1946) nasceu em Allengheny, Pensilvânia, mas viveu em Paris pela maior parte de sua vida com sua esposa, Alice B. Toklas. Foi uma das maiores colecionadoras de arte do século XX, e foi figura central no desenvolvimento e na recepção do Cubismo, além de ter influenciado Dada e o Surrealismo. Escreveu poemas, romances, peças e ensaios. Seu livro de novelas *Três vidas* é considerado um marco na prosa curta modernista; suas peças monossilábicas, musicadas por Virgil Thomson, estão entre as experiências mais radicais da ópera moderna; seu antiromance *The making of americans* segue desafiando nossa sensibilidade narrativa; e seus poemas redefinem os limites do discurso poético de vanguarda. No Brasil, exerceu influência significativa nos Poetas Concretos e em demais artistas que saíram das neovanguardas dos anos 50, 60 e 70, como Caetano Veloso, Waly Salomão e Hélio Oiticica.

Este livro foi impresso na gráfica PSI7,
em papel pólen natural 80 g/m² e cartão 250g/m²
e composto em Garamond Premier Pro.